Gaea

Gaea

Gaea

Gaea

馬克白的
命數
The Destiny of Macbeth
譚劍

馬克白的命數

目錄

寫在前面

一、語言是活的，很多現時流行的用語在九十年代仍未出現。本書前半部，我採用「傳媒」、「流動電話」而不是「媒體」、「手機」等後來才出現的用語。Hotel在香港跟台灣分別被稱為「酒店」和「飯店」，中文意思在兩地完全不同。我跟隨店家招牌的說法。「網路」這個用語，我採取港式用語「網絡」，也採用香港人說法「智能電話」而不是「智慧電話」。全書採用保留偏旁的老香港用字習慣，如用「佈」而不是「布」、部「份」而不是部「分」。雖然用上香港用語，但這故事可以在地球上任何一個城市發生。

二、本故事純屬虛構，除了地區和大學名稱虛構外，無論人物和雜誌社也是杜撰，沒有取材對象，不含影射成份。

「凡所有相，皆是虛妄；若見諸相非相，則見如來。」——《金剛經》

命數

他在這夜開車時想到世上只有兩種事情比殺人更困難，第一種是起死回生，第二種是處理屍體。

他沒有能力做第一種，所以只能做第二種。

他沒有經驗，只能靠想像力和邏輯推理，覺得可行方法和問題如下：

一、把屍體在郊外燒掉，但冒起的煙可能會驚動其他人。

二、丟到海裡，但屍體幾天後會成爲浮屍被發現。

三、把屍體搬回家在浴缸裡用化學液體溶解，但他家的洗手間會充斥有毒氣體，他也不能抽氣以免被鄰居發現，因此洗手間會有幾天無法使用，很不方便。

四、最後一種做法很不主流，但在香港和澳門兩地有人實行過，就是把屍體吃掉。不需要吃進自己肚裡，而是讓不知情的人吃掉，像八十年代的「八仙飯店滅門案」就是把十具屍體切成小塊，製成叉燒包賣給食客，還可以賺錢，一舉兩得。不過，這麼噁心的事他做不出來。

爲什麼要這麼複雜？

最好的方法，就是簡單的方法。

香港是彈丸之地，無法像外國那樣把屍體埋在院子裡、丟進河流或湖泊，或者丟去沼澤餵鱷魚，但不是沒有優點，香港有約四成面積是郊野公園，從市區開車到郊外很方便快捷。

他決定把屍體丟到郊外棄置。

埋屍當然會是更理想的方法，但時間緊急，他找不到工具，也不想弄到全身上下都是泥巴，只想棄屍後盡快離開，讓野狗或野豬完成後續清理。

這具屍體是意外造成，但必須妥善處理，避免師傅的預言成真。

很多人都對命理之說嗤之以鼻，可是他見識過那位師傅的預言多次成真，而且是非常不容易實現的預言，一開始是佩服，現在卻覺得毛骨悚然。

那位命理師對他講了三個預言，一好兩壞，他必須盡力令後面兩個落空。

上半部／九十年代

盡皆過火、盡是癲狂

"All too extravagant, too gratuitously wild"

——出自《香港電影王國：娛樂的藝術》

（*Planet Hong Kong: Popular Cinema and the Art of Entertainment*）

大衛博維爾（David Bordwell）著

何慧玲、李焯桃譯

一九九三年八月上旬

1

世界由謊言組成。

不管是報紙或雜誌，不管是電台或電視，不管是節目或新聞，都充斥大量謊言。

謊言比眞相更能挑動人的情緒，包括仇恨、歧視、恐懼。

謊言比眞相好聽，更能打動人心。

因此謊言比眞相受歡迎，更有利口耳相傳。

普羅大衆需要頭腦清醒，保持獨立思考能力，才有機會撥開謊言的雲霧，找到眞相。

可是再理智的人，也會被情緒干擾，難以保持清醒。

馬克白深明謊言的本質和運作，比城裡其他百分之九十九的人更懂，因爲他就是這個謊言製造系統裡的一份子。

2

一九九三年的夏天，是改變馬克白命運的夏天。

這天他和同事柯班同時趕到位於旺角廟街的案發現場。這座五層高的唐樓外面被數十人包圍，主要是警察，也有記者。

圍觀人群裡有三分之二是香港人，另外三分之一是遊客。

在那些香港人裡，又有五分之一的人背景並不單純，像廟街裡的蠱惑仔，或者是「企街」（站壁）。

地下世界的人比背景乾淨的人更留意這種事情，因爲他們擔心出事的是自己認識的人，也擔心被拖累。

警方禁止記者越過封鎖線，但馬克白覺得那十幾個警察並不認得自己。

「我們是明叔的契仔（義子）。」他對一個阻擋他們前進的沙展（Sergeant，即警長）說，同時指向身邊的柯班。柯班跟著點頭。「對。契仔。」

這沙展是個四十多歲的大塊頭，像座肉山，額上冒著汗，向他們兩人上下打量。

「你們是記者吧！」

「記者不可以認人做契爺嗎？」馬克白沒有否認，也沒有放棄。

「可以，但你們的契爺應該多到一個招牌跌下來可以砸死幾十個，快給我滾開！」

沙展打手勢叫他們滾。馬克白憑沙展的眼神判斷，如果可以開槍不顧後果，他們兩人身上都會有幾十個彈孔。

馬克白自知他們身上都有一股記者的味道，那是由大背包、運動鞋和銳利的眼神所組成，三樣東西他這天都具備。

記者對大事有靈敏嗅覺，卽使去到陌生的地方，仍會很快發現可能出意外的地點，也知道應該訪問什麼人並令對方開金口，就像大草原上的獵豹知道哪一隻羚羊跑得最慢。

非常不幸的是，警察是另一種嗅覺同樣靈敏的動物獅子，能輕易嗅出誰是記者，也能視乎情況輕易把記者吃掉。

能夠避開警察耳目的，不會是資深記者，而是新入行的記者，因爲他們身上還沒有沾到很多記者的味道。

馬克白正在思考怎樣突圍時，一個長得高大威武的男警經過肥沙展身後，馬克白忙喚他：「周sir！」

周sir很快回過頭來，目光掃向馬克白。

「你怎會在這裡？」

「明叔是我們的契爺，聽說他今早出事，所以馬上趕過來。」馬克白講大話不眨眼。

肥沙展回過頭注視周sir，輕輕搖頭。

「這條友講大話。」

周sir無視沙展的話，指示放行。

馬克白和柯班穿過封鎖線，跟周sir踏樓梯上去唐樓，沿途經過的警察無一例外讓路給他們。

還沒去到天台，一陣惡臭已襲鼻而來，不算濃烈，三人同時用手指揑住鼻孔。

周sir告訴在天台屋（頂樓加蓋）守著屍體的伙記說家屬到了，叫他們暫時離開。

那兩個警察馬上逃離現場，彷彿用行動表示「感激不盡」。

「三分鐘。」周sir在天台只剩下他們三人時一臉厭惡地說，手指緊揑鼻翼。

「十分鐘。」馬克白本來不想討價還價，但沒有一張像樣的照片交差等於白來。

「我也想盡快離開。」

「五分鐘。」

「六分鐘。」

周sir點頭，嘴也不願張開，臉上表情像在說：「快點，好臭！」

蓋在死者臉上的黑布被很多不同種類的昆蟲佔領，馬克白從背包取出今天的報紙，捲成筒狀，像出劍般把那塊黑布挑走。

說是遺容，其實並不準確。這是一具腐爛到生蟲的屍體，臉孔爛到無法辨認。

柯班跌坐在地上，轉頭開始嘔吐，發出另一陣惡臭。

馬克白剛入行時也是這樣。他本來以爲是心理作用，後來發現完全是味道使人作嘔，只有習慣後才能免疫。

馬克白很少見過這種噁心的事情，也想盡快離開，但職業本能驅使他掏出相機，對著屍體「咔嚓咔嚓」地狂按快門，彷彿菲林（底片）不需要花錢。

誰說報導眞相很容易？有多少記者敢像他這樣站在死屍前全神貫注拍照片？即使他握相機的手在顫動，仍要努力控制雙手。按下十多次快門後，雙手終於穩定下來。

想成爲記者，就要對眞相執著，不管怎樣艱難，都要堅持報導。

3

香港警方、救護車、消防車、水警用的是analog（類比、模擬）無線電通訊系統，無法加密，任何人只需要一部俗稱「999機」的「電訊接收機」就可以偷聽，也有機會搶先一步比警方更早到達現場。

馬克白就是在上班途中收到同事的電話，說警方派出十多人趕赴廟街，一般屍體發現案不會那麼多。

死者是金永明。

金永明是黑白片時代的著名演員，不到二十歲就成名，四十歲前大紅大紫，賺到能花幾輩子的錢，可惜嗜賭如命，五十歲前在澳門把錢輸光，要靠朋友接濟，但長貧難顧，後來朋友逐漸疏遠他，他想做回老本行，不過形象太差，電影公司都不要他。他紆尊降貴去電視台找工作，監製說他今時不同往日，只能做甘草演員。他沒興趣由飾演男主角變成飾演男主角的爸爸或爺爺，從此沒人知道他的下落，直到這一天。

沒有人知道在這十年間，他怎樣生活，怎樣應付這幾年通貨膨脹得厲害的物價。依靠所剩不多的積蓄過日子？用沒人知道的本名做低等的工作謀生，讓金永明這個名字保持明星光環？

不知道也沒關係，不知道就可以虛構。

讀者只是想娛樂，從這些明星仆街的故事裡得到「我過得比明星還要好！」的良好感覺。

4

三人從天台下樓梯，逐漸離開發出惡臭的案發現場，周sir問：「這種照片能出街（刊登）嗎？」

「不知道，等上面決定。」馬克白答。「那是他們的職責，我的職責是拍照跟報導。」

柯班驚魂未定，馬克白覺得這傢伙非常廢柴。

到了樓下，周sir叫伙記讓路給兩人離開後，剛才的肥沙展問他：「那兩人眞的是死者的契仔？」

「認錯人。」

柯班想在大街截的士（計程車）時，馬克白用力拉他走。

「我們身上一股臭味，司機不會做我們生意的，搭地鐵吧！」

柯班舉起手臂去嗅，「沒有呀！」

「在密閉空間就會很明顯，走吧！」

處），希望讓氣流把身上的腐臭氣味吹走。

兩人鑽進地鐵，馬克白帶柯班去到列車尾段，站在車廂之間的接駁位（連接

「剛才那位周sir，你和他很熟嗎？」柯班狐疑地問。

「一般。」馬克白隨口答。

「可是他剛才幫了大忙。」

「沒什麼大不了，就是一般警民合作。」

周泰龍督察跟他們這些記者的關係很好，有時會相約飯局，互通情報。不少警察會放風通知記者去採訪，特別是沒有風險的掃黃。偶爾槍戰時也讓記者留在現場報導，甚至近距離拍照與採訪，讓市民知道警方不是吃飽飯無所事事，而是拚了老命保護市民。

馬克白沒有對柯班說老實話，沒這必要。

柯班是上司指派給馬克白跟他學習的實習記者。這年輕人剛從九龍大學商業學系畢業，小他兩年，跟了他一個多月，很green。

「商業學系畢業爲什麼發神經來做雜誌？」

馬克白問過他。他們《熱週刊》裡有大學學歷的人不足一半[1]，大老闆沒上過大學，因此請人一向不問來歷。不少人只是中學畢業，甚至沒有，但社會經驗異常豐

富，或認識的人非常多，有本事吃「四方飯」。
「白領工作好沉悶，希望做雜誌可以增廣見聞。」柯班那時答。
馬克白不知道看到屍體，是不是他想要增加的見聞，但從反應判斷應該不是。
「剛才你ＯＫ嗎？」
「ＯＫ。」柯班用力點頭。
「可是你好像把早午餐全部都嘔了出來。」
「嘔多了就會習慣吧！」
「不，嘔吐會灼傷喉嚨，對身體百害而無一利。」

5

《熱週刊》位處的工業大廈離荔枝角地鐵站只有五分鐘腳程，沿路經過的其他工業大廈都在門口貼了大量招聘廣告，反映勞工市場供不應求。

1 作者註：一九九三年時香港只有香港大學、香港中文大學和香港科技大學三間大學。

馬克白和柯班踏進升降機時，旁人都沒異樣。

「原來在地鐵吹風眞的有效。」柯班低聲說。

「當然。」馬克白保持撲克臉。

兩人在九樓離開，左轉。馬克白用門卡開門，跟柯班回到娛樂版編輯部。

娛樂版同事主要報導明星和名人的娛樂八卦，就算報導死訊，也沒見過新鮮熱辣爬滿昆蟲的死屍。馬克白是娛樂版裡處理屍體報導的專家，每當想到這裡，他都覺得自己是娛樂版裡眞正的記者，也有種不能說出來的優越感。

馬克白和柯班一起去找娛樂版主編燁少，親手把菲林交給他。馬克白聽過太多遺失菲林的眞人眞事。

燁少卽使身爲娛樂版主編，也沒有自己的房間，而是有一個較大的partition（隔間），裡面貼滿不同期數的《熱週刊》封面，以揭發明星醜聞的居多。

「白哥、班哥，辛苦了……」

陳子燁沒有站起來，也沒有叫兩人坐下。

他在二十歲前入行，也很早就在行內成名，被稱爲「神童燁」，二十五歲成爲娛樂版主編後，同事改口叫他「燁少」。

燁少還不到三十歲，他對任何人都很客氣，對男下屬也是以「X哥」稱呼，看來很和善，沒有殺傷力，但一個連中學都沒讀完的人能在見血封喉的辦公室政治裡活下來成爲主編，只要不是白痴就能看出這人其實是笑裡藏刀也很會玩手段的大內高手。

「……你們要不要回家休息？」燀少親切地問。

「不用。」柯班馬上答。

「好呀，多謝燀少。」馬克白答完，拉柯班離開。

「我們身上有味道嗎？」柯班嗅自己的手臂。

「和味道無關。你發現娛樂版同事的眼神嗎？」馬克白反問。柯班太嫩了，不會看人眉頭眼額（閱讀空氣）。「我們是不潔之人，今天不受歡迎。」

兩人沒回座位，而是直接離開公司，在等升降機時，同事都跟他們保持距離。大家都知道他們去了什麼地方做了什麼報導。這天他們兩個嗅過屍臭的人名副其實的臭名遠播。

馬克白受不了這種目光，抬高手臂，故意以誇張的口吻說：「這味道是好東西，嗅了精神爽利，舒筋活絡，有病醫病，無病強身。大家來嗅一嗅。」迎來一堆粗口和狂笑，化解了尷尬。

不過升降機門打開時，同事都不願跟著他們進去。

升降機裡面有個穿白色中山裝配白色長褲的高大男人。他剃光頭留鬍鬚，打扮得非常老成，像個初老男人。

馬克白認得是葉存正師傅。和其他玄學家不一樣，葉師傅不著書立說，也不是根據八字、紫微斗數、鐵板神數等方法去占卦，而是用天眼去看人，人稱「天眼通」。天眼沒有理論也無法傳授，不只一般人覺得他裝神弄鬼，連其他玄學家也斥他爲騙子。

馬克白不懂玄學也不相信玄學，覺得葉存正師傅和其他玄學家沒有分別，都是靠一張嘴混口飯吃的江湖術士。

「葉師傅，我們身上有臭味，不進來了。」馬克白說。

「沒關係，我們有緣，你們進來吧！我給你們兩位贈言，你們不想知道自己的未來嗎？」

馬克白一向不相信命理之說，葉存正師傅又說道：「你們不擔心自己的未來嗎？」

這句話令馬克白無法拒絕，很好奇葉存正到底會怎樣胡說八道，於是走進了升降機，柯班也跟著進去。

門關上後，葉存正師傅對兩人上下打量。

「一看就知道你們兩人的人生會很不平凡。我每人講三個預言，不多不少。」葉存正對馬克白說。「你在接下來三年內會升職兩次，逐漸成爲位高權重的人……」

馬克白心想，這是走運了。這會成眞嗎？

「……不過，你財運不好，晚年會破產，愛你的人也會爲你流淚，做你太太好慘。」

「他和女友感情很好，去到談婚論嫁的階段。」柯班打破沉默。「位高權重的人又怎會突然破產？」

「我怎知道原因？」葉存正一臉無辜：「你們的命運不是由我決定，我只是把我看到的說出來。」

馬克白不跟葉師傅爭論。「那他呢？」

「他會做大老闆，但會被人出賣，有牢獄之災。」葉存正說。

「你比我更不堪！」馬克白笑道。「葉師傅，你恐嚇我們，是希望我們請你幫忙趨吉避凶吧？」

「不，我不做趨吉避凶這種事，命運是改不了的，我只是告訴你們有些事情會發生，希望你們有心理準備。多做好事，廣結善緣，有機會讓你們逃過一劫。」

葉存正的話出乎馬克白意料之外。

「多謝贈言！」升降機門打開，馬克白快步離開，對跟在他後面的柯班說：

「《熱週刊》每年不知踢爆多少這種江湖術士的大話。」

柯班一臉死相，彷彿靈魂從身體裡被抽了出去。

6

馬克白的同居女友馮美詩Macy是中學教師，過著早上五點起床六點半出門七點半到學校晚上十點就寢的健康生活。

雖然兩人同居，但馬克白長期日夜顛倒，沒有固定作息時間，最近他早上七點才睡，這樣早上兩人就有一個半小時可以共處，他每天早上都會報告前一天的見聞，她也聽得津津樂道。

Macy邊化妝邊聽馬克白講金永明的故事說：「果然爛賭沒有好下場！」

「性格決定命運呀！」馬克白道：「不管你賺過多少錢，只要沉迷賭博，最後一定會把賺到手的錢全部嘔突（倒賠）。不過，我遇到更奇怪的事。」

他把葉存正跟柯班講的名成利就做老大、被人出賣最後坐牢的預言告訴她。

「這很誇張！」Macy的掃眉筆定住。

「對，班仔那種沒膽量的人怎會成爲老大？」

「你認識這個新同事有多久？說不定眞人不露相。」

「一個記者怎會成爲老大？憑什麼本事？開報館或雜誌社嗎？」

「寧欺白鬚翁，莫欺少年窮呀！」

「我知道，但我實在看不出他有什麼本事。葉存正就是個江湖術士招搖撞騙，總是把人講得有一大堆問題。」

「但說成坐牢也實在太誇張。」

「對，不過，他也有說我。」

「你也要坐牢嗎？」

「沒有，就是三年內升兩次職，」他沒提到破產跟做他太太會好慘的事。「但有這可能嗎？」

「如果是的話就很不錯。你希望對新同事的預言落空，但對你的成眞吧！」

馬克白不希望對他的三個預言都成眞。如果破產，他怕自己會像金永明那樣變成一具爬滿昆蟲的腐屍。

「我做記者這幾年學到的事只有一件：人生充滿意外，所以最大的謎團就是自己的未來，就算一時的名成利就，也無法保證可以安享晚年。」

馬克白活到二十多歲，才清楚自己和家人在性格上合不來，所以跟父母只在拜年時見面，跟兩個哥哥更是好幾年沒見，保持距離反而可以減少衝突。

原生家庭無法改變，他唯一可以控制的是跟誰組織自己的家庭，希望從那裡找到家庭溫暖，但對未來一無所知。

如果自己會破產，不就是連累美詩？那怎麼辦？

這個問題太複雜，目前他想不到答案。

7

馬克白打電話向認識金永明本人的老行尊打探消息，又聯絡上金永明在香港的親友，再收集金永明的背景資料，三天後完成報導初稿，用傳真機發回雜誌社。

輝少過目後，傳來「很多人都熟悉金永明大起大落的故事。讀者買《熱週刊》，是要看到他們不熟悉也沒聽過的金永明」，底下有「大膽創作，毋須求證」八字真言。

馬克白馬上明白箇中道理。

金永明住天台屋時的生活，馬克白查不到，就連金永明的家人、朋友、樓下的住客都不知道。

但讀者會想知道。

怎樣把調查後仍然不知道的事情，變成讀者想知道的「眞相」，就是馬克白的工作，反正金永明不會復活指正他。

雖然《熱週刊》一直自詡「還原百分百眞相」，但其實一直創作大量新聞，有才有勢的名人他們不敢開罪，但小市民的新聞他們一向放膽創作。小市民不同意又怎樣？他們的聲音誰會聽到？就算反對，他們有財力控告《熱週刊》嗎？

8

金永明被年輕一代遺忘，但對在六十年代的粵語片觀衆來說，始終是個響噹噹的名字。這一期十一萬冊《熱週刊》在下午就幾乎被搶購一空，很多市民要跨區購買。總編輯從他的小房間走出來，親自向娛樂版同事宣佈加印兩萬冊時，大家都興奮得叫出來。

「白哥，」娛樂版主編煇少向馬克白招手。「過來我們講幾句。」

馬克白不喜歡坐在煇少桌前的椅子上，煇少本人高大，他的椅子又特別高，任何人坐在他面前都會面對他高高在上的壓迫感。

但馬克白別無選擇要坐下。

「白哥，我獎勵你去放大假。」煇少的獎勵從來不是好事。

「不用了吧！我在跟趙展堂的故事。」

傳說萬人迷超級巨星趙展堂把歌迷會變成自己的後宮去選妃，甚至搞大了幾個核心成員的肚子，再送去外國安胎。她們不覺得有問題，因爲能夠懷上偶像的骨肉是莫大榮耀。

這簡直像邪教一樣。

如果拿出證據也就是偷拍到趙展堂和二奶跟私生子一起吃飯的照片，肯定非常轟動。趙展堂事業全毀不必多說，馬克白也會拿到大筆花紅。

在《熱週刊》的所謂新聞道德倫理中，公衆人物的一言一行都有社會影響力，所以，就算是私生活也要被大衆檢視。

偏偏趙展堂行事非常小心，比做賊還要小心。

這個二奶非常進取，準備生第二胎，沒打算給趙展堂的正室面子。

馬克白調查了三個多月，總算掌握了他二奶挺起孕肚看醫生的行蹤，也拍到二奶和兒子去公園玩的照片，但始終拍不到三人合照。

「你放假也不是沒有事情可做。」煇少微笑，但不懷好意。「我收到情報說許天愛在東京品川的飯店私會她的日本男友，如果你能拍到照片，也是大功一件。」

許天愛是混血兒，歌影視三棲，幾年前憑大獲好評的電影《眞假公主》成功進軍日本市場，以出衆的美貌征服觀衆，日本藝能界稱她爲「夢の美姫」。她精通日語，簽日本唱片公司，發行了一張single（單曲）試水溫。

她的確有新聞價值，但和揭穿趙展堂的眞面目相比，完全是兩回事。

不過，如果葉存正師傅的話成眞，說不定馬克白能找到許天愛不爲人知的驚天祕密，就像抓到她原來去日本是賣春，或者跟唱片公司高層進行不道德的交易，甚至被包養。

葉存正師傅的預言準不準？這次的日本之行可以測試一下。

「好，什麼時候出發？」

一九九三年八月中旬

9

馬克白對日本的認識全部來自小時看過的漫畫和動畫，特別是《龍珠》、《男兒當入樽》（《灌籃高手》）和《課長島耕作》，近年是從電視劇《東京愛的故事 *Tokyo Love Story*》，裡面那個人來人往的繁華東京領先香港至少十年。

他有時會去信和商場買翻版ＶＣＤ追日劇。聽女同事說江口洋介、福山雅治和酒井法子主演的《同一屋簷下》（《一個屋簷下》）也不錯，有空要找來看。

他很想去日本，但沒去過，主因是言語不通。早前有兩個不懂日語的同事被派去日本做狗仔跟蹤一個天王巨星三星期，他們提到日本的物價很貴，會講英文的日本人不多。他們兩個香港人去餐廳只能指手劃腳，連餐牌也看不懂，最後嫌麻煩，三餐都光顧便利店，幸好食物種類繁多，美味可口，可以吃一個星期也不會厭。

日本連便利店食物也很好吃。

馬克白這次有文仔和志堅同行。文仔是有五年資歷的攝影記者，志堅在香港做過三年記者後，去日本讀經濟學碩士，目前仍然是學生，這次以特約記者的身份幫忙。

他們三人採輪班制去跟蹤目標，每班只有一個人睡覺，永遠有兩個人保持清醒。輝少的情報說，許天愛下榻在品川一間新開的五星級酒店，他們也跟著住進去。

這幾個月一美元只能匯兌九十日元，所以在酒店裡沒聽到廣東話。

由於語言不通，來日本的香港人不是參加旅行團，就是像蔡瀾[2]那樣的「日本通」。倒是台灣人比香港人要多，他們會講流利日語，看來是談生意而不是觀光。

馬克白覺得，只要一個人不說話，或者講什麼都要用手去指，就很有可能跟他們一樣是香港人。

他們在酒店大堂裡坐了一個半小時後，終於看見女主角出現。

許天愛在香港出入都有助手或保姆前後簇護，有生人勿近的氣勢，即使穿便裝時也不例外，但身處異國，助手消失，她就鬆懈了很多，不像香港那樣要故意裝成普通人，要戴帽子遮掩自己的臉。她在日本這裡穿得漂漂亮亮大大方方，加上身高比大部份日本男人要高，吸引很多人向她行注目禮。

「穿得太招搖了吧！」馬克白不禁說。「就算不認識她的人，也會覺得她是明星。」

「當然要穿得漂漂亮亮，和情郎見面嘛！」文仔笑道。

他們坐在飯店大廳的沙發上，距離許天愛保持大約一輛巴士長度的距離，混在人群中，和其他觀光客沒有兩樣。

這次行程煇少非常大手筆地給了他們三十筒三十六格菲林，還有四部攝影機。文仔把相機的鏡頭對著許天愛遊移，但不敢胡亂按下快門，因爲只有她一個人的話，拍得再多也沒有用。

他們跟著許天愛離開酒店，搭上安排好的私家車，跟蹤許天愛的平治（賓士）。爲了這次爆料，煇少不惜成工本。

東京的路他們非常陌生。馬克白看過的日劇很少，就算是地標建築他也不認得，地名更加沒有概念。路牌上的漢字像中文但又不像中文，如渋谷、恵比寿和有楽町。最後許天愛的車開進一條僻靜的路，但馬克白的車沒有跟上去。

「爲什麼不追上去？」文仔問叫「肥陳」的司機。他是個移居日本多年的香港人，同樣由煇少安排。在他們這行業，一個人的人脈多寡跟他的職位高低成正比。

「前面那一大片土地屬於私人土地。」肥陳嘆了口氣。

2 蔡瀾：香港著名作家，與查良鏞（金庸）、倪匡、黃霑並稱香港四大才子。

「能夠在東京擁有一大片私人土地這麼誇張？」馬克白驚問。

「沒錯，很不尋常。」肥陳皺眉。「我勸你們收手。擁有這大片土地的人，一定是財閥，說不定和暴力團體有關。我惹不起，你們也惹不起。」

「我們回香港後，難道他們來追殺我們？」文仔說得毫無懼色。

「他們不會去香港，但可以叫香港的朋友幫忙。」

「誰會幫忙？」

「哥倫比亞的販毒集團利用香港做東南亞的中轉站，把毒品運來日本，你覺得呢？」

10

馬克白回到飯店時很不甘心。

如果許天愛跟日本黑幫眞的有關，煇少一定會不顧一切刊登出來，置生死於度外，雖然他有家室，但認爲隱瞞眞相是罪大惡極。

儘管報導可以用「本刊編輯部」署名，但如果有人想要把他找出來，一點也不難，以前就有個匿名報導江湖新聞的資深女記者被找出來和潑鏹水毀容。

片。

很多人說記者是無冕皇帝，但禿筆敵不過利刀，十支禿筆加起來也敵不過一塊刀片。

馬克白在晚上十一點去酒店附近的便利店買杯麵。

便利店裡的雜誌琳瑯滿目，除了八卦雜誌，還有以旅遊、文藝、汽車、電影、手錶、棒球、藝術、拉麵爲主題的雜誌，更有一個角落專門擺放成人雜誌。

馬克白挑選杯麵時，聽到一對男女在講廣東話。那男的聲音他不知在哪裡聽過，好像是公眾人物，女的聲音他沒印象。

他按下轉頭看的衝動，選購了一本非常厚的漫畫雜誌後，在便利店外停留，假裝在等人。

只要不開口，沒人知道他不是日本人。

沒多久，那對中年男女步出便利店。兩人都比大部份日本人高大，盛裝打扮，像剛離開高級宴會或餐廳。男人戴上眼鏡，說個不停，聲音眞的很熟悉，甚至親切。

馬克白想起來了，他在電視新聞上聽過這聲音。

他跟在兩人後面，兩人正好也入住了他們這個狗仔團隊和許天愛住的飯店。這就好辦了。

他們一起進升降機，但他的視線沒有停留在兩人的臉上。

他慶幸自己一身打扮非常日系，而且能拿出房卡。

這個女人揹了個鱷魚皮手袋，身上散發著非常濃烈的香水味。氣味說來抽象，如果要說他的感受，就是在一個古色古香又華麗的城堡裡有一場宴會，裡會衣香鬢影、觥籌交錯，女主人出現時所有賓客都向她行注目禮，這個香水味就是散發這種高不可攀的尊貴感覺。

「頭先嗰間日本料理只係嘛嘛地好食（剛才的日本料理很一般）。」女的說。

「邊會間間都好食？梗係有好有唔好（怎會每一間都好吃，當然有的好，有的不好）。」男人答。

「咁佢又唔係難食，只係我覺得好普通（那它又不是難吃，只是我覺得很普通）。」

「妳食得太多好嘢，要求高（妳食過太多美食，要求變高了）。」

「最衰都係你，搞到人哋咁奄尖（人家變得這麼挑剔，都是你害的）。」

幸好他們沒有講笑話，不然馬克白就要忍笑。

可惜他們也沒有講私房話，馬克白最喜歡偷聽的就是這種，讀者最想看的也是這種內容。

馬克白不動聲色回到房間，志堅在睡覺，準備在幾個小時後的早上五點起床。

文仔看電視廣告看得津津有味，他吃個飯團就可以當一餐。

「剛才我有新發現、大發現。」馬克白終於釋放壓抑的情緒。「這次我們釣到一條大龍躉[3]。」

「找到許天愛跟誰見面嗎？」文仔正眼沒看馬克白。

「不要再追許天愛了，她現在只是條魚毛（小咖），見什麼人都不再重要。」馬克白脫下外衣。「廣播處長歐陽家富和一個三十多歲的女人住在我們這一間酒店。從他們的對話判斷，兩人不是夫妻關係，也不是父女關係。」

文仔的頭慢慢轉過來。

「怎可能？認錯人嗎？」

「不會認錯，我認得他的聲音和容貌，不會錯。」

「但怎會剛好在這裡？」

3 大龍躉：一種非常名貴的食用魚。

馬克白沒有說葉存正預言他會三年升職兩次，說不定這就是命中註定通往第一次升職的契機。

「就是這麼巧。你不能問爲什麼，只能接受。」

文仔注視馬克白。「不如我們打長途電話回去香港，叫煇少向政府查詢廣播處長目前是不是在香港。」

「爲什麼要告訴煇少？」馬克白認爲這事情最好不要經過煇少的手。「我們拍了照片再說。」

文仔說：「處長是官員，這是他的私生活，不涉及公衆利益。」

「處長是公衆人物，這種男女關係怎會不涉及公衆利益？」

「男女關係是私事，那個女人也不是公衆人物。很多外國政要的私生活都一塌糊塗，選民沒有興趣理。法國總統米特朗在執政期間甚至有情婦替他生下孩子，仕途也不受影響。」

馬克白覺得文仔的話好像有道理，但自己的事業更加重要。

「我們如果不調查，不知道那個女人是誰，就不會知道是否涉及公衆利益。」

11

這晚本來應該換馬克白去睡，但他太興奮了，眼睛根本閉不上。

一大早五點四十五分，三人同時出動在酒店大堂埋伏，因爲酒店的自助早餐從六點開始。

歐陽家富和女伴在七點出現，穿藍白色哥爾夫球情侶裝，也戴上了帽子，好像在預告這天的行程。

「是歐陽家富嗎？」馬克白問。

文仔點頭。

「除非是個和他長得一模一樣的孖生兄弟。」

「看那女人一副戰鬥格[4]，處長沒理由這麼早能起床。」文仔分析道。

「說不定處長整晚沒睡呢！」志堅不同意。

馬克白沒有補充。他自知雖然很興奮，但身體很想休息，現在是用意志和咖啡因

[4] 戰鬥格：此處指女性會在衣著或言語上挑逗男性。

去支撐。

三人在處長旁邊的桌子坐下來，雖然是鄰桌，不過桌子之間的距離不短，聽不到他們講話，但可以清楚看到男女主角的側臉。

那對男女眼裡只有對方，沒發現一直被三個男人偷看。

馬克白跟志堅坐得離處長較近，文仔舉起相機瞄準他們時，其實把鏡頭對著兩人身後的目標人物，連按快門。

拍了很多張後，一個侍應走過來，先用日語後用英語說不能拍照。

文仔收起相機。「別擔心，我快拍完一筒。」

「不知道拍成怎樣？」

「你們忘了我是《熱週刊》最厲害的攝影記者嗎？」

文仔前年抵達一個槍擊案現場時，槍手剛向警方連開數槍後逃命，文仔躲在槍手經過的其中一架私家車上，在電光火石間拍到槍手回頭再開槍時的臉，五官都清清楚楚，被警方用來找出槍手身份並入罪，文仔因此獲頒「好市民獎」。

那對偷情男女沒有坐很久，在八點離開，但不是離開飯店，而是回房間。

「兩人上去睡大覺還是繼續做未做完的事？」文仔問。

「你要不要去敲房門訪問？」志堅反問。

馬克白無法提出問題，他一夜沒睡，能量指數非常低。

三人沒有鬆懈，轉去大堂守候。二十分鐘後，偷情男女再次出現，而且有個職員跟在他們後面，揹上哥爾夫球袋，前往酒店安排的旅遊巴。

司機肥陳要在九點才出現，時間是按照許天愛的生活習慣來安排。

「要不要搭的士追上去？」志堅問：「但我要提醒你們，如果哥爾夫球場在東京市郊，車費會好驚人。」

「那要多少錢？」馬克白問。

「我不知道，我很少搭的士，只知道好貴，是香港的幾倍。」

其他酒店住客陸續登上旅遊巴，最後車門關上前，三人仍然拿不定主意。

幸好肥陳及時出現，「你們很早到呀！」

「你也很早嘛！」馬克白看向手錶，八點三十分。

「早到可以應付突發情況。」

馬克白終於明白煇少指定要肥陳幫他們開車的理由，這人非常專業。

旅遊巴剛出發，馬克白叫他們趕快追上去。

「你呢？」文仔問。

「不了，我不想累到死在哥爾夫球場裡。」

12

馬克白倒在床上，一覺醒來已經是下午兩點。他想再睡，身體告訴他說還需要再睡，但腦袋太活躍，無法再睡回去。

文仔和志堅還沒有回來。

日本物價指數很高。爲了省錢，也因爲不會三人同時入睡，所以煇少安排他們住雙人房，兩張單人床。馬克白對這安排沒有太大怨言，就算讓他睡沙發也沒關係，做狗仔隊就是要刻苦耐勞。想要富貴榮華的人從一開始就不會想當記者。

電視播的全是日本節目，香港那邊發生什麼新聞他都不知道。飯店唯一提供的中文報紙是台灣的《中國時報》，上面沒有香港新聞。

馬克白分別在便利店跟麥當勞吃了午餐和晚餐，在酒店附近漫無目的地散步，開始理解那兩個同事來日本出差兩週後回港就辭職的理由。雖然這裡一切都很光鮮，都有其歷史和文化脈絡，但他們一無所知。

由於言語不通，所有事物都非常陌生，。那一個個他看不懂的漢字跟日本字構成一個他完全不懂的世界，讓他被一陣強大的無力感包圍。

被切斷和香港的聯繫，來到日本，就像被放逐。

不知道美詩怎樣？就算自己突然從美詩的世界消失，她應該還是一樣：大清早醒來、回學校、從一個課室走到另一個課室、改作業、開會、回家，週而復始，去年跟今年跟明年跟十年後做的事情大同小異，只是換了一批又一批不同的學生。

想到這裡，美詩的世界不會因爲自己消失而改變。

可是，擔任記者的自己卻不一樣，他的一篇報導可能足以改變世界。

13

晚上九點，文仔和志堅終於回到酒店，並報告這天的行蹤。

他們追蹤歐陽家富和女伴坐的旅遊巴去到東京都內一個哥爾夫球場，車程不用半個小時。聽肥陳建議，並沒有進球場，因爲：

第一，他們不懂打哥爾夫球。

第二，球場很大，等他們換好球衣，已經追不上歐陽家富他們。

第三，兩個男人帶攝影機進去太可疑，除了記者沒其他可能，也一定會被驅趕。

「我們在球場的餐廳守候，他們打完十八個洞後就來吃飯了。」文仔說。

「有拍到照片？」馬克白問。

「拍了三張就被職員阻止。」

「日本人很重視私隱。」志堅補充道。「很多場所都不容拍照。離開哥爾夫球場後，他們就回酒店，直接上房間。」

「追蹤了一整天都沒有收穫！」馬克白大感可惜。

「不，他們回來時不到五點，六點半又出門，去附近一間高級法國餐廳吃飯。我們跟著進去。」文仔說：「我直接向部長出示名片說是攝影記者，想介紹他們那家餐廳。部長聽得懂英文，非常高興，讓我隨便拍，也讓我挑一張可以拍到歐陽家富正面照的桌子，但距離又遠到不會讓他聽到我們講話。」

「你不怕他想到接連兩桌都是觀光遊客，其中一桌是記者有問題嗎？」

「別太擔心。」志堅解釋道：「那餐廳有不少台灣人，是習慣招待觀光遊客的餐廳。」

14

第二天早上，志堅和馬克白在大堂看到歐陽家富單獨出現，拿行李離開。

「前後腳回香港，要不要追上去拍？」志堅問。

「處長一個人的話，沒有拍攝的價值。」馬克白搖頭。「但那個女人不一樣，我們要找出她的身份。」

他們在大堂守候。那個本來是他們目標人物的許天愛竟然在十一點多出現，外表同樣引人注目，由一個中年日本女人替她開路。他們的行程到尾聲，不再需要拍大量照片，這時可以放心偷拍幾張許天愛的照片交差，但沒有追上去。

眞正的女主角在中午check out，手拉一個不小的名牌行李箱，舉手投足的精明幹練透露她的背景很不簡單。

「她會不會是名人？」馬克白問。

「我沒有印象，但你我都說不出名字的名人，算不算是名人？」文仔反問。

「當然算。香港名人多不勝數，我們怎會全部認得？」

「認不出名字的名人也算是名人？名人不是所有人都認得的嗎？如果不是所有人都認得，就沒資格算名人。」

「我不跟你爭論。我自問認人能力不錯，只肯定她不是娛樂圈中人，說不定是商界名人。」

他們跟著她上了登上前往成田空港的機場巴士，站在她身後看著她去國泰櫃位辦理飛香港的頭等艙登機手續。他們偷聽不到她的姓氏，但在近距離聽到她能講流利日語，非常意外。

三人跟蹤這女人，直到她進入禁區，馬克白很想揮手大聲對她說：「香港見！」

「她的日語對話能力非常好。」志堅瞇起眼。「有點關西腔，你們就當是關西方言。」

「可以是看日劇和打機（打電動）自學。我弟弟就是爲了玩『三國志』去學日文的。」文仔說。

「我不認爲她的日文是自學。」志堅解釋道：「自學的可以講得很流利，懂很多詞彙，但文法往往一塌糊塗。這個女人的日語講得和日本人一樣。她一是在日本留過學，一是在香港的日資機構（日商）裡工作，由公司出資保送她去日語學校學日文，通過Ｎ１級考試。」

「不管是用哪一種方式學日文，這女人都不簡單。」馬克白判斷。「她就算不是出自藍血貴族，也是專業人士，當然，可以兼具這兩個身份。」

15

爲免出意外，他們不打算回到香港才曬菲林，而是光顧一間離飯店只有三分鐘路程的沖曬店。

馬克白搭第二天黃昏的班機，十一點回到香港啟德機場，十二點多回到家。

一切又回復正常。

美詩早就入睡，也被他吵醒。「你眞的回來了，我不是作夢夢見你。」

「開什麼玩笑，我又不是變鬼，當然會回來。」馬克白沒有開燈。

「變鬼也可以回魂，日本好玩嗎？」

「應該很好，但我一句日文也不會說就是另一回事。妳繼續睡吧！我明天晚上跟妳說。」

馬克白整理行李後，把相片抽出來看，特別是那個神祕的女人，他把幾張正面照片放在桌子上，看了好久，仍想不到她是誰。

又或者，她根本不是什麼名人？

如果她不是跟歐陽家富通姦，而是他的私生女，雖然也是醜聞，但大打折扣。

不，「最衰都係你，搞到人哋咁奄尖」（人家變得這麼挑剔，都是你害的）裡的

「人哋」（人家），不像是女兒對父親講的話。

他們年齡差距雖然很大，也沒有挽手同行，但怎看也不像是父女。

他們一定是偷情男女，沒有其他可能。

她是不是名人一點都不重要，找不出她的身份也無所謂，重要的是有照片證明歐陽家富跟一個不是他太太的女人住在同一間飯店，出雙入對。

這件事公開後，歐陽家富需要向公眾解釋，自然會揭開她的身份。

葉存正的預言會不會成功？如果是的話，馬克白就會升職，可是後來其他的預言也會成眞，他會破產，美詩也會爲他流淚，還沒有好結果，但他不可能因爲害怕就放棄向上爬。

16

馬克白向文仔說過自己的盤算，文仔沒有反對。

「賭一賭也不錯。」文仔嘴角隱約有笑意。

兩人回到雜誌社後，不是馬上去找煇少說沒有拍到許天愛，而是直接去找煇少的上司，也就是《熱週刊》的總編輯「高佬」高旭強。

身爲雜誌總編而不是娛樂版主編，高佬有自己的專屬辦公室，也有司機專車接送，還有更多煇少沒有的資源。

高佬的祕書四方姐——本來叫蘭西姐——是個嫁不出去的中年女人，是個自以爲是管理層的普通職員，是個負責接聽電話、影印和處理高佬事務的私人祕書，而不是負責上市公司行政的「公司祕書」（company secretary）。兩者有天淵之別。

她沒見過馬克白和文仔，不知道他們是誰，只聽他們兩人說自己是娛樂版記者。

「你們來找強哥，問過陳子煇嗎？」

身爲高佬的祕書，四方姐對各人的稱謂都跟他們娛樂版的同事不一樣。高佬變成強哥，煇少她則是連名帶姓稱呼。

馬克白嗅到勢利的氣息，但也跟著四方姐的說法。

「如果這新聞我可以給陳子煇，就不用來找強哥了。」

四方姐沒有再追問。「你們不要站在他的門外等。」她用手指著廁所外面的位置。「站在那邊等他。」

17

「高佬」高旭強以筆名「高強」出過書，是本短篇小說集，頗爲好賣，因爲出書版時副刊的專欄作家集體吹捧他的新書，幾乎把他捧爲不世出的一代文豪。

只要在報紙上有專欄，或在電視和電台上主持節目，有一定曝光率，不管你的書寫得多難看，都會有一批讀者、觀衆或聽衆去捧場，因此是銷量保證。反過來，如果你沒有名氣，就算你寫得再好，也沒有人知道你出過書，然後你的書就會在幾個月後被回收、從書海消失，只有圖書館或租書店的書架證明你出過書，但那些讀者讀你的書，你一毛錢也收不到。

馬克白把高佬的書找來讀過，只能說他知道怎樣寫起承轉合的流行故事，但沒有特別過人或創新之處，也沒有訊息要給讀者，就是普通到不能再普通的通俗小說。

所以，馬克白不喜歡看名人跨界寫小說，那些書能吸引人去讀的理由不是書特別好看，而是因爲作者是名人。名人不見得做什麼事情都出色，最出色的地方也許只是炒作自己的名氣。

18

高佬在跟幾個高層開會。馬克白和文仔呆等了約半小時，高佬的房門才打開。

高佬的專屬辦公室是毒氣室。雖然馬克白進去時沒人在抽煙，但殘留的煙味仍然非常濃烈。

高佬一看馬克白提供的照片就睜大雙眼，但很快回復平靜，畢竟是在報業打滾了多年的老江湖。

「你們爲什麼直接找我？」

「我們不希望這些照片刊登在娛樂版裡，我們也不希望一輩子做娛樂版記者。」馬克白開門見山說。

「你們有什麼交換條件？」

不愧是高層，馬克白還沒開口就知道是來談交換條件。

「讓我們轉去時事版。」

馬克白不想再做娛樂記者。

誰想當一輩子娛樂記者？

高佬是時事版記者出身，《熱週刊》時事版就是由他一手建立，不只時事版主編和副主編追隨他多年，連採訪主任、記者，每一個都由他親自挑選，可以說是他的子弟兵。

《熱週刊》時事版公認雲集了全港的精英記者，每一個都可以獨當一面。娛樂版的腥羶色報導雖然經常佔據封面，也吸引很多讀者去買，時事版卻是雜誌的門面，也是知識份子支持《熱週刊》的理由。

馬克白一直希望能報導屬於自己的「水門事件」。他從加入報業開始，就希望去時事版工作，娛樂版只是墊腳石。就算做狗仔隊，也要做時事版狗仔隊。娛樂版狗仔隊只會被歌迷和影迷唾罵，時事版狗仔隊卻有機會成為英雄。

廣播處長歐陽家富的封面故事，如果由時事版去報導，不管角度和深度，都會和娛樂版報導截然不同。

「你知不知道這種內部挖角需要你上司煇少批准？」

《熱週刊》為了增加競爭力，歡迎不同版面之間競爭，甚至內部挖角。

對外人來說，《熱週刊》是一個個體，但對不同版面的主編來說，《熱週刊》本身就是一個戰場。時事版和娛樂版都爭相希望自己的新聞成為封面故事，經常在會議上吵個不停，所以有人提出應該分成Book A和Book B兩冊，內容分別由時事和娛樂主導，有兩個封面故事，也可以增強雜誌的競爭力。

國際新聞和財經新聞雖然也有機會登上封面，如前年的波斯灣戰爭，但並不是《熱週刊》的重心，所以那兩個版面的主編地位反而不及娛樂版主編來得高。

「我知道，但我相信你有能力擺平煇少。」馬克白答。

「時事版暫時沒有空缺。」

「那我們就把照片給燁少。」

雖然高官並不屬於娛樂圈，但燁少可以把高官私生活當成名人八卦來處理，或者說，玩弄，像貓玩弄老鼠那樣。

身為雜誌總編，處長這則新聞到底屬於時事版或娛樂版，乍看分別不大，但對時事版或娛樂版的負責人來說，分別就大了，他們和負責的同事會因此拿到花紅，甚至升遷的機會。

身爲時事版出身的高佬，沒理由不想幫自己的嫡系人馬一把。

高佬上下打量馬克白和文仔，「你們這次拍到照片，是『屎忽撞棍』（僥倖達成）。下次不一定這麼好運。你要證明給我看，你們有成爲時事版記者的實力。」

馬克白問：『怎樣證明？』

高佬抽了兩口煙後續道：「如果你們能在三天七十二小時內找到這個女人是誰就可以過去時事版。」

文仔附耳對馬克白說：「這女的可能只是高級雞，那很難找。」

「如果是的話，就會更具爆炸性，我們更加要找出來。」馬克白問高佬：「你說三天內找出來？」

「機會只有一次，你敢不敢把握？」高佬看著兩人竊竊私語，吐了一口煙後，露出許久沒有去洗的煙屎牙。

「我怎會不敢？」

馬克白非常堅決，葉師傅說他三年升兩次，現在可以眞眞正正考驗師傅的預言。

「我喜歡你這種人，但你行動要快，我開始計時了，大後日四點前你要告訴我答案。」

「四點處長還沒有下班，改到半夜十二點較合理。」

「你居然敢跟我討價還價！好，我多給八個小時。」高佬想把照片收下，馬克白阻止道：「照片還我。」

「我暫時替你保管。」

「不，我會連我的答案一起給你。」

高佬把照片還他，「你不會蠢到把照片交給其他報館吧？」

「當然不會，菲林是公司的，問題是交給誰。」馬克白笑出來，沒有說出「菲林屬於娛樂版」這部份。「我可不可以請你幫個忙，安排沒有記認的公司車和司機給我去做跟蹤？」

高佬點頭，沒有多話。那個臉色幾乎就是「給我滾出去」。

離開高佬的辦公室後，文仔對馬克白說：「看到你跟高佬講數（談判），和拍警匪槍戰一樣刺激。」

19

高佬安排的公司私家車沒有《熱週刊》的標誌，停在廣播道香港電台外守候歐陽家富。

身爲高官，歐陽家富有轎車和司機接送，很有氣派，有些官員因此連走五分鐘就到的路也要坐車，但因爲塞車和馬路規劃而不得不繞路，可能要花雙倍或更多時間才能到達目的地。馬克白聽說有個英籍官員開會時因此遲到，被港督（香港總督）拍桌大罵是「濫用殖民地政府的資源」。傳聞港督麥理浩喜歡微服出巡，跟通曉中文的副官兩人與市民面對面交談，聆聽他們的意見，包括批評殖民地政府，不少市民並不知道其中一個洋人是港督。

歐陽家富的轎車出現後，馬克白叫司機開車追上去。

司機不知道這次的極機密任務到底是什麼，就算猜到，也會當不知道，並且完全聽任馬克白指揮，除非馬克白叫他開車衝進維多利亞港。

第一日跟蹤，沒有任何收穫。歐陽家富八點半下班後就直接回家。

第二天也沒有收穫，處長中午離開廣播道，前往立法局開會，然後又回廣播道，一小時後回家。

「連續兩天都沒有收穫，會不會七十二小時也找不到？」文仔心急如焚。

「我不知道。」馬克白答。

「也許你沒有那條命可以調去時事版。」

馬克白心想，葉存正師傅說我有那條命會三年升兩次呀，或者那根本只是信口開河？

第三天，歐陽家富在十一點離開廣播道，去香港島，前往心臟地帶中環，在文華東方酒店下車。

馬克白追不上去，只能目送歐陽家富以不急不緩的步伐走去升降機大堂，像去開會的模樣。

酒店裡的人以遊客居多，就算職員也沒有留意到廣播處長出現，就算有，也許覺得他來開會。

馬克白叫文仔去大堂守候，他一個人去樓上通往太子大廈的行人天橋那個出入口守候。

一個小時後，歐陽家富再現身，經過馬克白身邊，前往太子大廈。

馬克白認爲處長不會叫司機在文華東方接他，因爲車無法在門口久留。他也不可能站在門口等車，那只會讓人家注意到他。

不過，馬克白的目標不是處長。

十分鐘後，那個他在日本見過的歐陽家富情婦也出現，她才是今天的主角。

她沒有乘車，而是跟歐陽家富一樣，從行人天橋前往太子大廈後，再穿過一條條行人天橋，最後鑽進帝國大廈的升降機大堂。

馬克白心跳加速，要不要跟著搭升降機？她會不會認得他？

不，怎可能？在她和歐陽家富的心目中，他不只是日本人，還是nobody。對他們那種位於金字塔塔尖的人來說，自己是透明的、不重要的，也就是不存在。

他大著膽子跟進去，在她按按鈕後，按亮她上一層樓的按鈕。

果然，她沒有留意他。

她沒有帶在日本亮相的鱷魚皮手袋，不奇怪，女人怎會只有一個手袋？

他再次陷入她那個由尊貴香水味構成的空間裡，不過，這次跟上次不一樣。上次她高不可攀又尊貴，這次他要把她拉下來。

她離開升降機後，他按著升降機的「開門」掣，探出頭來偷看。

這裡全層屬於一間律師樓（律師事務所）。

太好了，這女人的社會地位愈高，跌得愈痛，他的報導也會愈成功。

馬克白去大堂看水牌（展示牌），抄下只有英文沒有中文的律師樓名稱後，打電話給文仔說收集到重要情報，可以撤退。

20

馬克白回公司向財經版主編查詢。

「那是間頂級的律師樓，專做商業併購。」Leo想也不用想馬上回答。

「認識這個女人嗎？」馬克白決定賭一把，掏出只有她的臉的照片。

Leo拿出放大鏡看照片。

「沒印象。我要問同事。她跟娛樂版有關嗎？」

「我看見她和幾個唱片公司高層開會，有沒有可能在談併購？」

「是哪幾間唱片公司？」

「不能說。」

「成事的話，香港樂壇會大地震，我幫你問問。」

馬克白成功誤導對方往錯誤的方向思考後，跟文仔去找高佬談判。

「我們在今晚午夜前不太可能找到那女人的名字，但有不小的進展。」馬克白報告最新的調查進度。

高佬聽到他叫Leo幫忙認人時笑出來。「Leo發現你們騙他時，會殺掉你們吧！」一直面容僵硬的文仔終於跟著笑。

「到時要請強哥擺平。」馬克白說。

「沒問題，大前提是找出她的身份，我會跟Leo說。這次爆料如果成功，Leo也應記一功。」

21

Leo找到女主角的名字，也提供相關背景，接下來馬克白花了長達兩星期去蒐集其他資料，文仔也偷拍了她在置地廣場中庭的餐廳跟不知是朋友或客戶吃飯的照片。

馬克白下筆時放棄娛樂記者那種尖酸的描寫，而把筆觸盡量調整得中性和客觀，減少臆測，每一段都有據可依。

出了問題，雜誌會被控告，到時入獄的是雜誌總編輯。

高佬對他的報導稿件沒有意見。

「你寫得比我想像中的好，果然是時事版記者的材料，你留在娛樂版太浪費了。不過，文仔好像不想回去時事版。」

「爲什麼？」

「他和你相反，就是不想做死人冧樓（重大災難）的新聞，才轉去做娛樂版，寧願做狗仔隊追名人和明星。他是行內公認出色的攝影記者，留在娛樂版埋沒了他的本事。你有空跟他說。」

「沒問題。會不會給credit（鳴謝）Leo？他幫了我大忙。」

「我跟他提過，是他不要。他說只是提供行家都知道的資料，不是獨家消息，沒什麼大不了。反過來，如果被人知道他參與這次爆料的話，以後就沒人敢再把內幕消息告訴他。」

「也是。」

「放心，我會在金錢上提供他應有的回報。」

一九九三年九月中旬

22

高官日本偷情　歐陽家富與女律師同遊日本

《熱週刊》時事版記者馬克白報導／劉啓文攝影

還有四年便到九七回歸，香港正處於倒數階段的過渡時間期，政府各級官員正忙於處理剩餘四年的任務，但本報記者在日本東京品川目擊廣播處長歐陽家富和一個以Chanel打扮的女子把臂同遊，並入住同一間酒店品川Queen's Hotel。

經本刊記者調查後發現，該女子爲富商孫子儀家族後人，現爲中環一律師樓合伙人的孫頌瑜，出入一向以Chanel打扮，估計其一身行頭價值超過一百萬。

孫頌瑜曾參與多項大型商業併購，是行內赫赫有名的併購專家……

23

這期《熱週刊》起印十三萬冊，一推出就引起轟動，很快就被搶購一空。上午九點決定加印三萬冊，中午推出後也火速在各區具指標性的報攤上賣光。下午兩點再印一萬冊，發行部放風告訴報販說是最後一刷，絕不加印，報販會轉告客人，結果在六點前同樣賣光，一冊難求。

《熱週刊》破盡紀錄賣了十七萬冊，如果乘勝追擊再印一萬冊，可能賣得完，但也可能賣不完。退書就是賠錢，沒必要冒這個險。

在商場上，「供不應求」只是賺得少，沒必要爲了再賺多一點錢而可能造成「供過於求」，把賺到的錢倒賠。

廣播處長歐陽家富同日下午遞交辭職信，並申請提早退休，獲港督接納，扣除累積的假期，可以卽日放假。

孫頌瑜工作如常。記者想上去律師樓訪問，但在大廈大堂被保安驅趕。

這新聞自從《熱週刊》報導後，其他報章和雜誌迅速跟進，連電視新聞台也沒有放過，成爲全港市民茶餘飯後的話題。

本來在九點多就要睡覺的美詩，這晚等馬克白到晚上十點來聊這個話題。

「爲什麼歐陽家富要下台，那個孫頌瑜卻沒事？」她準備了消夜點心和他分享。

「因爲歐陽家富是政府官員，需要向市民交代，」馬克白的筷子刺進山竹牛肉裡。「相反孫頌瑜是律師樓合夥人。」

「合夥人就可以被原諒？」

「不，律師樓是私人公司，不涉及公衆利益。只要她的客戶覺得她的私德並不影響專業，就沒有影響。而且，妳有沒有留意上流社會的人接受訪問，都對她的所作所爲並沒有很大反應？」

「對啊，爲什麼？學生下課問我時，我不知道怎樣解釋。」

「沒想到現在的學生這麼早熟。」

「如果學生只關心考試，那才令人擔心。他們不能跟社會脫節。你還沒告訴我答案。」

「這表示在上流社會，偷情這種事情根本就很平常。」

24

馬克白整理自己的桌子，準備前往新世界。

葉存正師傅說他會在三年內升職兩次，現在調去時事版到底算不算是升職？他的職稱仍然只是記者。

不管算不算，都表示他還會有起碼一次升職機會。

時事版那邊準備了一張桌子給他，一張給文仔。他說服了文仔去時事版。

雖然不是換公司而只是換版面，調去另一個區域的座位，中間相隔國際版和財經版，走路過去大概要花半分鐘，但就是兩個不同的世界，一邊是人家看不起的狗仔隊，另一邊卻是人家怕了你的無冕皇帝。

煇少走過來找他。

「沒想到你原來很有手段，明明我派你去日本查許天愛，結果你挖到處長的料，而且帶文仔跳槽到時事版。」

「謝謝煇少給我機會去日本。」馬克白伸出手。「事情發展也不是我控制得了。」

煇少也伸出手來。「如果你適應不了時事版，歡迎回來娛樂版，我永遠會留張桌子給你。」

馬克白很清楚煇少那種人不會輕易跟轉去時事版的自己爲敵。大家以後還有十多二十年在同一個機構裡，誰能爬得很更高，永遠說不定。

「你這是不是詛咒我？」

「哈哈，保持合作。有需要幫忙的話就直接找我。」

「一定。」

馬克白整理新桌子時，祕書拿了兩盒新的名片給他，恭喜他轉過來時事版，立下大功。

他打開來看，發現職稱不是兩個字，而是四個字。

高級記者

馬克白望向時事版主編，不，這事情不是由主編決定。

他拿了一張名片上去找高佬，四方姐照樣要他站在廁所外面呆等，即使她知道他是爆料英雄也一樣。

十分鐘後，高佬的房門打開。

「你立了大功呀！」高佬興奮地解釋道：「你挖了一個就算不是全年最大新聞，也是本月最大新聞，怎可能不升你做高級記者？這個人事安排是老闆親自指示。」

25

馬克白覺得自從見過葉存正師傅後，他的人生變得很不眞實，非常夢幻，一直走好運，完全超乎預期。

他快下班時，手提電話響起來。

「恭喜你調去時事版做高級記者。」

馬克白幾乎忘了柯班這個人。那傢伙不是做記者的料，不曉得他自己發現了沒。

「謝謝。」馬克白道：「葉師傅的話好準。」

「那對我就麻煩了，他預言我會好大鑊。」

「他也預言我會怎樣怎樣。」馬克白沒有言明。

「我剛剛遞了辭職信。」

你辭職是對的，但馬克白仍然問：「爲什麼？」

「我最容易惹麻煩就是在《熱週刊》這裡工作，可能因爲不知什麼報導而惹上大麻煩，特別是你被調去時事版後……」

馬克白沒有糾正柯班說自己是爭取調過去。

「……娛樂版除了你以外，沒有人眞的教我事情，我變成孤軍作戰，死了也不知道原因。」

「其實我也沒教你什麼，你太客氣了。」

「不，你教過我很多。」

拍馬屁不是我教的，還是你在諷刺我？

「你要好好保重。」

馬克白離開娛樂版除了自己想做時事版記者這個理由，還有另一個原因：如果柯班會惹上麻煩有牢獄之災，自然要離他愈遠愈好。

現在柯班辭職，其實最好不過，馬克白這輩子應該不會再見到他。

棄屍

他開車來到人跡罕至的虎門山，把車停在光線陰暗的位置，確定四下無人後，打開車門，戴上手套，鑽進後座，解開毛巾，脫下她身上所有衣物和鞋襪，塞進大膠袋裡，準備稍後在市區的垃圾桶棄置。

他要確保她的皮膚盡可能暴露在空氣中，加速腐爛，甚至方便被野生動物吃掉。

在古代，如果她是活人，這是一種叫獸刑或「獸食」的酷刑。

人死了，就什麼也不算。

他剛才在開車的路上告訴自己，不要當這個物件曾經是活人，而是要當這個是放在櫥窗裡的模特兒，所以他一直避開她的臉。

他把開始變硬但還沒發出屍臭和生蟲的屍體抱出來，走到路邊，沒有踏足泥土，以免留下鞋印。

屍體跌落底下的樹林翻滾時，發出一陣陣低沉的聲音。

他拿手電筒去照，看不到屍體滾到哪裡去。

那好像是跌落萬丈深淵，掉進地獄的聲音。

不，他叫自己不要胡思亂想。

他拿手電筒去照，看不到屍體滾到哪裡去。

「我不知道妳是誰，也跟妳無仇無怨，只是想趨吉避凶。」他雙手合十，唸唸有詞。「其實我是個軟弱的人。換了妳是我，說不定也會做同樣的事情。請妳原諒我，我真的非常非常抱歉。希望妳下世投胎到一戶富貴人家，不愁衣穿……」

一九九三年十一月至一九九六年五月

26

「你知道什麼是email和internet嗎？」

「知道，大學用過email，internet沒用過，但知道是什麼，就是把全世界不同的網絡連起來。」

「很好，你已經比百分之九十九的人懂得更多了。」

柯班離開《熱週刊》後，透過大學同學的穿針引線，認識了一位從事科技業的校友，那人約他去酒店的餐廳吃飯。

柯班很清楚，即使對方說只是隨便吃飯見個面，但其實是面試，所以認真打扮出席。

黃冠新Sunny在九龍大學電子工程系畢業後，去美國進修，拿到電子工程碩士，其後在矽谷工作，去年返港，找到一筆資金，成立了一間叫黃金網絡科技的網絡服務供應公司（Internet Service Provider，簡稱ＩＳＰ）。

這是很嶄新的業務，業內人士都知道有前景，但不知怎樣營運，都是摸著石頭過河。

網絡到底是什麼，大部份香港人都不知道，他們的公司需要花力氣去教育香港人，讓大家發現網絡這個新世界，值得花時間去玩、去看、去交朋友。

可是網絡太新，上面的內容主要是英文。網絡服務供應商需要製作中文內容去吸納用戶，從自家網站開始。

「我們需要一個編輯來規劃我們網站的內容。」Sunny詳細說明。「網絡服務供應商這個行業太新，網站編輯這工種也很新，應該找個有傳媒經驗的人擔任。不過，資深傳媒人不清楚這個新興行業到底是什麼，也不願離開工作多年的穩定職位，冒險闖進一個新行業裡擔任新的職位。你做過傳媒，又有技術概念，正是我要找的人。這個行業是新的，有巨大潛力，如果你做得好，就會像搭火箭般很快升到很高。」

柯班不只想遠離《熱週刊》集團那種到處煽風點火的機構，更想轉換跑道。

「可是我一點電腦技術也不懂。」

「電腦技術會有專家幫你，但他們只懂得工程師語言，不懂得講一般人能聽得懂的話，這就需要你花精神和時間去處理。」

柯班反正沒工作，就答應去「黃金網絡科技」上班試試看，如果上班後覺得不適合，就在三個月試用期內辭職，反正在九七移民潮前夕，很多中層管理人和專業人士移民，留下大量空缺，只要有幾年經驗的都會很快升職，年輕人在求職市場上佔盡優勢，不少是辭職去玩幾個月回來後再找工作。

27

在科技公司上班後，柯班才發現這工作很不簡單。

身處新興的行業，所有人都是一張白紙。

其實公司管理層也不太清楚「網站編輯」這個職位到底需要做什麼，他是全香港第一個「網站編輯」，也是目前唯一的，碰到問題不知道可以問誰。公司網站上面要準備什麼內容，他一點概念也沒有。

以前他在《熱傳媒》工作時，需要花大量時間去跟其他人溝通，對方可能是其他記者、編輯、攝影師、排版、總編、校對、受訪人物，人際溝通技巧少一點也不行，他也因此常感到很疲累。

來到科技公司工作，人際溝通仍然少不了，但相比報館裡佔百分之八十的時間，這裡可能連一半也沒有。他在這裡看得最多的，不是其他人的臉也不是紙，而是電腦畫面。

報館裡的通告、表格和往來文件都是用中文寫，但在科技公司裡，全部都是寫英文，大家也都是用英文名互相稱呼，反而不知道彼此的中文名。

他沒有告訴同事自己以前曾經在《熱週刊》工作過。這裡的工作環境跟《熱週刊》屬於一冷一熱的兩個極端。

有時他會懷念《熱週刊》那種熱鬧的工作氣氛，雖然有複雜的人事鬥爭，但科技公司裡不見得沒有，只是沒有表現出來。

雜誌社裡的同事熱情洋溢，有時甚至過份熱情，炒蝦拆蟹，口水跟粗口橫飛，科技公司裡的同事卻非常壓抑，像是不敢表達自己的情緒。電腦部的同事尤其非常冰冷，不是對他，而是對所有人。

每次柯班向技術人員請教技術難題，他們都會說沒有時間，或者故意答得非常技術性，讓他一點也不懂，或者說他要求的解決辦法，技術難度太高無法實現，或者根本沒有資源去做。

柯班是電腦外行，無法判斷他們講的話是不是眞的，網絡上用中文寫的資源也不多，他只好去找英文網站的資料參考，把自己不懂的東西慢慢學懂。

爲了進一步提升技術能力，他做了這輩子以來最大的挑戰，利用工餘時間去香港城市公開大學攻讀資訊系統（Information Systems）學位。

如果他在中學畢業後直接去讀電腦，肯定馬上棄械投降。

幸好他在網絡公司工作了一段時間，發現有些課程的內容可以在工作上應用，只是太過講究理論的部份，理解起來有點吃力，因爲他的工作並不需要理論。

不過科技發展得太快，有些課本上的內容追不上，特別是網絡和通訊部份，竟然沒有提到他們這種科技公司的存在。

電腦語言也一樣，他在公司架構網站，是用大學沒教的html，而不是學校教的C和COBOL。

寫程式看似艱難，但一行行的程式碼其實就是邏輯結構。

想到只要搞懂這些東西，就不怕被電腦部同事恥笑，他就咬緊牙關堅持下去。

他多次懷疑自己讀不下去要放棄，但熬過第一年後漸入佳境，雖然對技術層面的瞭解仍然遠遠不及電腦部同事，不過他能問到他們啞口無言，和判斷他們是不是欺騙自己。

老闆Sunny沒騙他，公司吸納的客戶愈來愈多，也因此高速成長，規模愈來愈大。

他的工作性質也從網站編輯，變成Webmaster（網站主管），到最後變成他要負責的工作不再是一個人能夠負擔得來，而是要由一個部門去承擔。

新入職的同事向他學習，其他不熟悉電腦和網絡的同事和管理層都聽從他的建議。

即使只累積了三年經驗，他已經是網站管理部門主管。

年僅二十五歲的他，成爲公司裡的重要人物。

如果當年沒有毅然離開《熱週刊》，他不會剛好踏上網絡這個巨浪，接下來的一帆風順，都像葉存正師傅說的一樣。

那他日後會不會面對牢獄之災？

不，葉存正師傅只是剛好說中而已。就算白痴也知道，香港過去十年經歷這個城市開埠以來最大的移民潮。上層和中層出現大量空缺，底下的人自然容易升上去。

他只是跟著時勢走搭順風車而已。

一九九六年八月

28

《熱週刊》有個「報料熱線」，任何讀者報的料如果用得上，一律致贈港幣一萬元（約四萬台幣）作酬勞。如果是封面故事，就有十萬元。

重賞之下，必有勇夫。不少封面故事都是由讀者報料。

報料熱線由副採訪主任洪秀慧接聽並篩選，若覺得合適，就會上報給採訪主任。不是所有料都值得報導，往往一百個報上來的料，只有一、兩個值得採用，像「村屋村民縱容狗隻隨地大小便」這種料就不提一值。

相反，「老闆刻薄員工，祕書會記下員工去廁所的時間，女同事每次只能拿兩格廁紙」這種料，就算在中小型企業發生，也能引起很多人共鳴。

「茅山師傅借雙修連環騙財騙色」雖然不是什麼大事，但很有獵奇色彩，讀者也喜歡看。那期報導嚇得那個自稱余半仙的茅山師傅落荒而逃，下落不明。

像「中學生在後山打野戰」這種題材，只要有圖片，和能夠找到是哪間學校，讀者都喜歡看。如果能拍到女主角的容貌就更好，一定能引起爭議。雖然學校會抗議，但雜誌社已經準備賠錢和道歉。只要能夠賣到十五萬本，賠十萬八萬也是有賺。男女主角面對的麻煩，包括滋擾、退學、犯法被警察拘捕，就貴客自理，大老闆說讓中學生提早明白「做過的事就要承認和負責」這一點並不是壞事。

這天下午三點十五分，洪秀慧接到有人報料說：「我知道香港富商李天道家族不能爲外界所知的祕密。」

李天道在香港開埠時靠販賣鴉片發跡，其後家族發展地產和航海業，至今超過百餘年，雖然地位後來被其他家族超越，但在港島區仍然擁有幾塊尊貴地皮。

「請問貴姓？」

「我姓陳。」

「陳先生，具體來說，你要告訴我們什麼？」

「我不會在電話上透露。」對方的聲音很低沉。「我們見面吧！妳說的報酬是眞的嗎？」

「當然，我們《熱週刊》有的是錢，也牙齒當金使（說話算話）。」

「我這個料值最少五十萬，我要現金。」

「我們就算賣二十萬本也賺不到那麼多錢。」洪秀慧答，其實她不知道五十萬要賣多少本書才回本，但還價是她的職責。

「妳出來見面就知道我的情報值這個價。我不會和妳見第二次，請不要到時說沒有錢在身上。我這情報很多人搶著要買。」

29

會面地點在半島酒店。

「這傢伙眞會選擇地點。」洪秀慧對上司採訪主任宋子淇說。「說不定是流料（假料），只是騙我們來吃下午茶。」

「那我們也沒有損失，反正是用交際費吃晚餐，還可以讓他們來看眼界。」宋子淇不當是一回事，除了他們兩人外，他另外找了一男一女同事在另一張桌子充當食客，只要陳先生坐在他們安排好的座位，那兩個同事就會找機會拍他的臉。「這種事我見得多了，我聽老前輩說，七十年代香港還沒有發起來，這種事非常平常。前輩說不介意接濟較不幸的人請他們吃一頓飯，特別是不得志的文人。」

「老前輩眞大方。」

「那時文人辦報，很多報人都是理想主義者，希望辦紙就算沒有能力經世濟民，也可以改良社會。」

洪秀慧的流動電話響起來。

「洪小姐，我要改地點，麻煩妳過去重慶大廈那邊。」

洪秀慧向鄰桌的同事打眼色，他們不得不放棄只吃了一半不到的招牌半島公司三文治。

洪秀慧去到重慶大廈門口時，電話又響起來。

「妳到重慶大廈門口了嗎？」陳先生問。

「到了。」她的同事裝成遊客，離她不遠。

「很好，我過來。妳穿什麼顏色的衣服？」

「紅色。」這顏色方便同事跟蹤她。

「妳不要收線……我的的士剛停在重慶大廈門口，對，就是妳面前這架，麻煩妳上車跟我來。」

洪秀慧彎身，打開計程車的車門，後座有個男人，但她看不清楚他的臉。

「我身上有大量現金，不會隨便跟你去我不知道的地方。」洪秀慧對陳先生說。

「沒關係，我賣給你們的對家《八方週刊》。」

陳先生伸手準備把門拉上時，洪秀慧搶先一步拉住車門，再鑽進車裡。

「你最好有猛料告訴我。」

「當然，但我只能告訴妳一個知道。」陳先生望向前座的司機。「司機，去中環長洲碼頭。」

兩人一路無話，下車後，洪秀慧以為對方要帶她搭渡輪去長洲，豈料陳先生帶她連奔帶跑前往相鄰的愉景灣碼頭，再快速登船。

船上的乘客以外國人居多，陳先生帶她去船尾最後一排坐下。

船在一分鐘後啟程航，時間剛剛好。

經過這些轉折的安排行程，就算高佬安排狗仔隊也很難追得上，就算追得上，也會被發現。

她和陳先生都在喘氣時，陳先生從背包取出公文袋，抽出一張醫療紀錄副本（影本）給他看。

診所名稱她知道，位於中環一棟商業大廈，裡面幾乎全是診所，雲集了香港最頂級的專科醫生，同時也是全香港最賺錢的醫生，一個月賺一百萬港幣（約四百萬台幣）的大不乏其人。

他們《熱週刊》做過很多報導公開城中富豪的健康狀況，情報都是從這棟大廈裡的診所流出，只是沒有這次那麼驚人。

洪秀慧手上的醫療紀錄屬於李啟源Derek Lei。這人是香港富商李天道家族的成員，外表英俊，不到三十歲，是城中的單身貴族，但從來沒惹過緋聞。

內容全是英文，陳先生指著ＡＩＤＳ這個字眼。

「這人有不治之症愛滋病，但繼續濫交，散播病毒。」

愛滋病是世紀絕症，無藥可醫，洪秀慧聽過美籍台灣科學家何大一發明「雞尾酒療法」，但不知成效。

就算可以控制病情，但如果這個新聞爆出來，仍然非常轟動。

不過，有沒有可能只是同名同姓？

雖然沒有照片，但這人的年齡符合。

此外，李家來自澳門，所以姓氏用葡萄牙文粵語拼音Lei，而不是香港常見的Lee或Li。這份醫療紀錄的中英文名都符合。

「你從哪裡找來的？」

「來源保密。」陳先生露出勝利的微笑。「妳終於看出這是堅料了。」

「李啟源是名人，但不是人人皆知的名人，其實我們付你十萬，算是付多了。」

洪秀慧主動還價。

「妳覺得我敢收妳那個價錢，是只爆一個人的料嗎？」

「還有誰？」

陳先生再抽出另一張醫療紀錄，病人名一欄填的是「霍曉天」。

洪秀慧幾乎尖叫。霍曉天是香港最頂尖的中年演員之一，拿過香港電影金像獎和台灣金馬獎最佳男演員，全球華人都認識，這個新聞一定轟動中港台。

「霍曉天是基的。香港娛樂圈裡有一個很龐大的同志集團，不知誰惹上愛滋病，但一個傳一個，現在傳了給很多人，有些人是男女通殺的雙插頭，因此又惹到女藝人。他們一個個排隊去看症，所以我手上有非常詳盡的名單，現在只賣兩個醫療紀錄給妳，如果你們付我五十萬，我就把另外十個人的紀綠賣給你們，夠你們做十期。五十萬應該很便宜。」

「我手上只有十萬，可以跟你買兩個。」

「No，No，No。這兩個已經值十五萬。」

「這兩個是不是名單裡最出名的兩個？」

「不是，後面還有幾個同樣出名的，包括樂壇天后。你們不要，我就賣給《八方》。」

「你的價錢超出了我們的預算。」

洪秀慧跟他討價還價，最後，用十二萬買下兩個名人的醫療紀錄副本，就算是假的，公司也負擔得來。

香港娛樂產業在華人地區佔有龍頭地位，所以明星多，新聞也多。《熱週刊》每期印量約十二萬份，有時能加印到十八萬份，雜誌高層每年領六個月花紅。容易賺的錢，花起來不用太客氣。

30

洪秀慧和宋子淇向時事版主編區偉光匯報。

「如果我們能拿出五十萬，那個陳先生答應再賣二十個人的醫療紀錄給我們。」

「我當然有興趣，」區偉光面有難色。「但五十萬遠遠超出我的預算，我無法作主。」

兩個人一起去見「高佬」高旭強。總編輯是向大老闆負責和匯報的人，這種事情只有他能定奪。

「五十萬不是問題，甚至一百萬也不是問題。」高佬說得非常豪氣：「但被騙就是問題。我認爲他後面的都只是二打六（小咖）。如果眞的有天王巨星，他起碼會告訴秀慧名字，但這人什麼也沒說。我們《熱週刊》有的是錢，但如果被人知道我們容易被騙，是水魚（冤大頭），是提款機，我們的報料熱線請十個人也應付不來。」

時事版同仁一致同意高佬的決定。

「不過，這是娛樂新聞，由時事版負責有點奇怪。」高佬又說。

「接洽的是秀慧，而且那十萬是我們部門的錢，我不會把新聞交到煇少手上。」

區偉光非常抗拒。

「當然，但時事版記者願意寫那種娛樂新聞嗎？他們每一個都心高氣傲，不屑寫這種娛樂新聞。」高佬想了想道：「叫馬克白去寫，反正他從娛樂版調過來，他那支筆寫這種報導易如反掌。」

區偉光翻閱記事簿。

「他放大假，跟女朋友去了日本，好像要下星期才回來。」

「不能拖那麼久，萬一姓陳的賣情報給《八方》，我們就被搶頭啖湯。」高佬的眼光掃視所有人。「光仔，我不管你叫誰寫，他們不寫就你寫，總之下星期報導要出街。」

31

中學老師一年裡最有空的時間就是八月，所以很多都會出國旅行。

美詩策劃了今年的暑假行程，去日本關西的京都和大阪。

她是第一次去日本，馬克白上次去日本是三年前，在東京挖出廣播處長歐陽家富偷情的新聞。

歐陽家富因此提早退休，跟太太移居英國，也遠離公眾視線。

女主角孫頌瑜像有金剛罩般不受影響，繼續擔任律師樓合伙人，甚至接受訪問，當然不是談她的私事，而是分享專業的法律意見。

那新聞被稱爲年度最大新聞，也有人說是十年內最大新聞，馬克白一戰成名，年終拿到驚人的六個月花紅。他一直說要跟美詩去日本旅行，但拖到今年才成行。

美詩買了兩本很厚的旅遊書幫助規劃行程。

「你只需要放鬆心情去旅行就可以。」

馬克白無法放鬆心情。沒有人能理解他升職後面對的心理壓力，三年內升兩次的預言會不會成眞？如果成眞的話，接下來他要怎樣面對厄運？

柯班的解決之道就是毅然離開《熱週刊》。不知道那傢伙現在怎樣？

馬克白和美詩入住大阪的飯店，第二天一大早搭ＪＲ去京都，但馬克白始終無法投入旅行的喜悅，只覺得現時在自己身上發生的全都是幻影，很快就會破滅。

愛你的女人會爲你流淚……

爲什麼美詩會爲自己流淚？他死了？或者他自殺？或者他遇上悲慘的命運？

雖然去日本旅行，但他一直也不享受。

他對京都的名勝早有耳聞，包括著名的清水寺和八坂神社。然而，美詩的第一站卻是他從未聽過的貴船神社，他心中充滿疑惑。

「我們爲什麼來這裡？」他好奇地問。

美詩微微一笑，眼中閃爍著期待的光芒。「求姻緣。」

「有用嗎？」

「當然有，你很快就會知道。」

「我的事業基礎未穩定。結婚就要買樓（房產）。現在樓價很貴。」

「明年買會更貴。」

她去買了一個繪馬，寫下「祈求神明讓我願望成眞」。

「妳又不是日本人，怎會向日本的神祈願？」他潑冷水。

「神明會保佑所有人。你覺得你什麼時候會再升職？」

「我不知道。」

「不是快三年了嗎?」

「什麼三年?」

「那個玄學家劉什麼師傅說的。」

「妳還記得?」

「當然,你的事我都記得。你再升職,我們就結婚。」

女人就喜歡相信這些東西。

她不會理解他不答應結婚的理由,因爲他不會說。

32

第三百六十五期《熱週刊》在午夜十二點前確定所有版面後,印刷廠在凌晨一點開始印刷,第一批雜誌在凌晨四點半由運輸工搬上貨車。凌晨五點半,旺角銀行中心的報攤是全港第一個收到雜誌的報攤,也是銷量的指標。如果中午十二點前,雜誌在那些指標報攤賣完,管理層就會考慮加印。

「隱形愛滋鏈　娛樂圈人人自危」

這期《熱週刊》一開始就一口氣印了十五萬本，但很多報攤在九點前就銷售一空。

聽說很多人是因爲在開工前傳閱雜誌後，決定買雜誌跟家人分享，也怕賣光買不到，就借機離開公司去買。

管理層在十點決定加印三萬本，印刷機在十點半又開始運作。

參與這件報導的週刊總編高佬、時事版主編區偉光、時事版採訪主任宋子淇和副採訪主任洪秀慧，以及負責撰稿的記者跟兩個協力同事都非常自豪。能夠把不爲大衆所知的眞相寫成有影響力的報導，是吸引他們投身傳媒行業的重大理由。

馬克白這天放完長假回香港，經過報攤看到新一期《熱週刊》的封面標題，就知道一定能賣到斷市。

他直接買一本，看到那張醫療紀錄時，卻覺得很不安。

33

高佬跟時事版同事在十一點半開會時，祕書蘭西氣急敗壞地敲門，說鄭家全醫生打電話過來，指定要找他接聽。

「我不認識姓鄭的醫生。」高佬摸不著頭腦。

「他自稱是今期封面故事的診所負責人。」蘭西提醒他。

「妳跟他說公眾人物的一言一行都必須被公眾監督，沒有私隱權[5]可言。」

「我跟他說了，但我不知道他跟我說的對不對，我聽到全身發抖，好害怕，簡直是世界末日。」

「他說了什麼？」

「今期報導的李啟源和霍曉天，都不是他們診所的病人。」

高佬對鄭醫生的話半信半疑，說不定這只是用來否認報導的手段，只好親自去中環的診所一趟。

鄭醫生年近花甲，滿頭白髮，眼鏡的鏡片很厚，即使面對這種事情仍然笑容滿面，是職業化到令客人放心的笑容。

他看了一眼醫療紀錄副本後就笑說：「這麼端正的字跡，診所的人怎會寫得出來？我們醫生寫的字，連幼稚園生都不如。」

鄭醫生拿出幾張遮掉名字的醫療紀錄副本給他看，但內容都是龍飛鳳舞的字跡，高佬連一個字也看不懂。

高佬覺得自己死了。

他看到自己的屍體往深谷的最深處掉下去，過了很久也沒有聽到聲音傳上來。

被爆料的霍曉天和李啟源，分別由經理人和律師打電話去雜誌社投訴，後者更說會發出律師信。

被指是同性戀者的霍曉天，原來已經祕密結婚生子，但和很多偶像一樣沒讓歌迷和影迷知道，沒有公開。他準備召開記者招待會，交代自己的家庭狀況，也會強調他並不是出櫃。

李啟源不是不喜歡女人，而是極度內向，喜歡在家裡砌火車模型和鋪路軌，看著列車發出隆隆聲穿梭客廳、飯廳、走廊和書房，反正他不用上班，只怕他的狗把火車車廂偷走。

高佬發現踢到鐵板時已經太遲，麻煩愈來愈大。

他們被暗算了。

5 私隱權：香港個人資料私隱專員公署於一九九六年十二月成立。

高佬叫發行部同事盡量回收市面上還沒有賣完的雜誌，但早就賣光。這個新聞轟動全港，不是因爲爆的料太厲害，而是他們錯得太厲害。很多讀者揚言要罷買《熱週刊》，特別是霍曉天的影迷和歌迷。

大老闆叫相關人等進去他的辦公室。辦公室的門故意沒有關上，好讓外面的人聽到他在破口大罵。

「這新聞搞到滿城風雨，爲什麼出版前我不知道？」

「這次不涉及政府官員，我認爲只是很單純的八卦新聞，符合《熱週刊》一貫的編採方針。」高佬說：「而且，你和社長都放了假，我不想打擾你們。」

「我一直都說，所有消息都要有second source。單憑對方一面之詞，他說自己是皇帝也可以呀！」

「這次情況特殊，我們拿到醫療紀錄副本，我覺得這就夠了。」高佬辯解。

「特你老母。副本可以作假呀！你有沒有見過醫生用你看得懂的字跡寫字？這根本就是陰你。有登記爆料人士的身份證號碼嗎？」

「沒有。」

「爲什麼？」

「很多人怕被報復，所以寧願不報料也不暴露身份。其實塡身份證這部份我們沒有強制執行好幾年了，我和財務總監也有其他方法把這種開支入帳。」

大老闆怒不可遏，指著高佬罵。

「入你老母。連身份證號碼也沒有拿到，單憑兩張紙你就送人家十幾萬，我該罵你們死蠢或者讚你們大方？我們是開雜誌社，不是開善堂。」

「我在愉景灣下船後，在碼頭守候，打算等他上船回香港島時跟蹤他。」秀慧說：「但我等了幾個小時也沒有看見他出現。」

「等妳老……」大老闆等那股怒氣過後再開口：「那人就住在愉景灣呀，死蠢！阿強你這總編輯是怎樣做的？雜誌出事，要負責的就是總編輯。我說過多少次，寧願做少一單爆炸性新聞，也不要做一單破壞自己reputation的新聞。這次你們破壞了整個集團的公信力，就算雜誌刊登道歉聲明和賠錢，也無補於事。現在我給你們兩條路選擇。一是被公司辭退，一是自己辭職，一定要人頭落地。全部都是。」

高佬點頭。「我一個走就可以了，不要難爲小的。」

洪秀慧開始拿紙巾抹眼淚。

區偉光和高佬交換眼神。「我也可以辭職，但那兩個協力的同事很無辜，是我叫他們幫忙的。」

「不行，全部都要走。」大老闆非常堅決。

「老闆。」高佬低聲下氣說：「今天你要參與的人全部負責，你當然有權這樣做，但留下來的人以後就會畏首畏尾，你希望建立這樣的企業文化嗎？我和光仔兩個走就可以了，放過其他人，好嗎？」

34

《熱週刊》編輯部像個死傷枕藉的戰場。到了六點，大家紛紛下班，沒人留戀。

馬克白七點就回到家，美詩劈頭就說：「我知道你們雜誌出了大事。你沒事吧？」

「哪有怎會有事？又不是我負責。」

「有沒有炒人？」

「有。」

「你會升職頂上嗎？或者公司去外面找空降部隊？」

雖然Macy是老師，但馬克白覺得她對這種辦公室政治的敏感度一點也不低，畢竟有人的地方，就有江湖，就算中學也不例外。

「我不認爲大老闆會找空降部隊，那不只破壞晉升階梯打擊士氣，而且，外面適合《熱週刊》的人選，不外乎來自《八方週刊》和《維港週刊》。」

「他們都是《熱週刊》的競爭對手。」

「不只是競爭對手那麼簡單，而是這些雜誌都打不過《熱週刊》。怎可能找手下敗將去領導自己的士兵？士兵怎會服氣？」

「你會升上去嗎？」

「我三年前就升了做高級記者，怎可能這麼快又升上去？」

不，如果葉存正師傅的預言沒錯，他就會升上去，然後準備面對後面兩個預言。

馬克白百感交集。

35

人事部在次日發通告，宣佈新的人事安排。

各位同事：

鑑於昨日的封面故事出現嚴重失誤，總編輯高旭強先生即時請辭，以示負責。

以下三位時事版同事也在傍晚請辭。

主編區偉光先生

採訪主任宋子淇先生

副採訪主任洪秀慧女士

另外，執行總編輯鄧浩鋒先生獲升爲總編輯。

娛樂版主編陳子燀先生兼任署理時事版主編。

以上人事安排即時生效。

這個人事調動跟馬克白的想像很不一樣。時事版主編怎可能由燀少署理兼任？娛樂版與時事版根本是兩個不同世界。架構不一樣，報導方法不一樣，人脈也不一樣。

不過，馬克白冷靜分析後，開始明白這個佈局的理由。

時事版管理層大地震後，國際版和財經版的主編都不會有興趣在這個兵荒馬亂的時候被調去時事版。

在內部人選不多的情況下，由煇少走馬上任雖然不是最佳選擇，但不失爲折衷的方法。兼任署理是「進可攻，退可守」的說法，如果他勝任，就直接調過來坐正；不行，就回去娛樂版。

大家都會盯緊煇少未來半年會怎樣領導時事版。

馬克白在通告底下簽名，傳給其他同事。

沒有這種大地震，底下的人怎會升上去？

不過，沒想到自己現在又回到煇少底下，果然山水有相逢。

他會不會怪我當天起尾注出賣他，把獨家新聞直接交給高佬？

煇少繼續坐鎮原位，但可以同時使喚時事版和娛樂版的祕書。

好不容易到了下午五點。

「白哥，」煇少打電話過來。「有空來娛樂版的會議室講幾句嗎？」

36

關上門後，多了個身份的煇少沒有坐下來，而是檢查桌底、椅底、花瓶，又輕敲牆壁。

「你說我們的會議室有沒有安裝偷聽器?」

「你從什麼時候開始講話像佛偈那樣難參透?」馬克白決定以四兩撥千斤。「恭喜你兼任署理時事版主編。」

「我要謝謝你幫了我一個大忙。」煇少的笑容令人看不透。

「我幫了什麼?」

「我昨天聽到秀慧和報料人周旋的經過,對方先約秀慧去半島,然後在重慶大廈上的士,最後去中環碼頭搭船去愉景灣,非常曲折離奇,有必要做這麼複雜嗎?我只在四年前一部講情報交換的西片《諜海威龍》裡看過類似情節。那次是發行商招待我們去看,你帶了你的女朋友去看。我記得,明明就是間諜片,卻硬要莫名其妙加幾場無關痛癢的床上戲進去拖時間。離場時你也說電影很難看。我今早問發行商香港的票房怎樣?他說非常差,一個星期後就落畫(下檔),沒有發行過VCD,連老翻(盜版)也沒有。」

煇少不再多話,只是瞪著馬克白。

馬克白沒答話,怕答錯就粉身碎骨。

煇少拉出椅子坐下,拿起一根煙抽,用打火機點燃。

「有些人不介意一輩子都做娛樂版,但你不是,我也不是。我不希望只是兼任,而是坐正。可惜高佬說服大老闆留下那兩個記者，不然我就可以名正言順調兩個人過來。」

馬克白終於知道時事版出身的高佬保護那兩個記者的眞正理由：煇少一定會兼任署理時事版主編，所以要增加煇少接管時事版的難度，希望半年後他滾回去娛樂版。

煇少繼續說：「我不理你做過什麼，現在我需要在時事版建立自己的班底。你有沒有打算做副採訪主任？」

馬克白相信世上沒有永遠的朋友，也沒有永遠的敵人，只有永遠的利益。

「當然樂意。」

「預祝我們再次合作愉快！」煇少伸出手來。

馬克白和他緊緊一握。葉存正師傅講過的「三年升兩次」終於成眞，他既感到高興，卻又感到擔憂，接下來的兩個預言會不會成眞？

「壞事說在前面，我做事一向先小人，後君子，這次也不例外。」煇少說：「如果你暗算我的話，我就把這件你做過的好事公開，到時你就無法在香港傳媒立足。」

馬克白啞子食黃連，有理說不清，就算否認，煇少也不會相信。

37

馬克白在八點回到家，美詩剛吃完晚餐。他氣沖沖問她：「Jason在哪裡上班？」

「中環。」美詩閃避他的眼神。

「在哪間診所？」

「就是昨天全香港人都知道那一間。」美詩答得理氣直壯：「他去年年頭轉了過去做。」

「爲什麼？你們爲什麼要這樣做？」

「你說要打好事業基礎才結婚，那個算命佬又說你三年升兩次職，所以我們幫你一把。這就應了風水，做得非常完美，沒有人會查到。那間診所沒有損失，反而聲名大噪。你們雜誌稱鄭醫生作神醫，診所電話響個不停，是付錢也買不到的宣傳，他們也不會追究。你看，這是多麼完美的計畫。」

馬克白眞的想學大老闆那樣罵：「完妳老……」他從沒在美詩面前講過一句粗口。

「不，煇少認爲是我做的。」

「又怎樣？有證據嗎？Jason是我妹夫。沒有人會聯想到你們的關係。」

「沒有人聯想到，是因爲我們還沒有結婚，我跟他沒有關係。我們結婚後，我就會出現在他的親戚關係網裡。『你的姐夫原來在《熱週刊》工作，那件事是你幫他嗎？』傳回公司的話，不只我會完蛋，Jason會完蛋，恐怕妳和慧詩也會。這件事還有誰知道？」

「Jason弟弟Jeff。他就是跟你們雜誌聯絡的那個『陳先生』。」

馬克白心算，四個人了。

「的士司機呢？」

「Jason和Jeff的阿叔。」

五個人。

「還有誰知道或者參與？」

「沒有了。」

「那個醫療紀錄上的字是誰寫的？」

「我。我用左手寫。」

馬克白鬆了口氣。只有五個人。「連妳自己在內，有五個人參與這件事，也太誇張了吧！」

「只要你上面有空缺，你就有機會升職，大家都豁出去幫你呀！」

「如果是我負責去寫那報導，豈不是害死我？」

「所以趁你放假時做，你有沒有想過我們爲你做這件事是多麼用心良苦。你不但不感謝我們，反而罵我們。你升職，我們一點實際好處也沒有。Jeff幫你忙後就逃亡去美國。」

「有這需要嗎？」

美詩笑出來，「他其實是去讀書，特別在去美國前幫我們。我們可以結婚了嗎？」

馬克白很怕被美詩逼婚。葉存正的第一個預言已經成眞，馬克白一定要第二個和第三個預言落空。

如果一開始就把全部三個預言告訴美詩，就不會惹下這個大麻煩。

現在告訴她，會不會太遲？她又會怎樣想？會笑他太迷信，或者一笑置之？

不，她相信那個預言，所以出手幫他。如果她知道自己的命運，會找人幫他解決，或者默默接受？

不行，不能把她拖下水。

她這人很聰明，行動力很高，也很堅強，不會自殺尋死。

她不會把做過的事跟外面的人說，否則她的家人會有大麻煩。

她很愛他，所以，不能讓她爲自己流淚。

「我無法接受妳這樣亂來。我們不要在一起了。」馬克白覺得這句話不像是自己說出來，而是有另一個人借自己的口說。「妳這樣亂來，我無法想像以後跟妳一起的日子怎樣過。」

事情一定要盡快解決，就趁現在，不然他以後下不了這個狠心。

「你跟我開玩笑嗎？」美詩收起笑容。他每天回家要看的就是她的笑容，可以融化他的心。

「不是，我是認眞的，我們分開，對大家都好。」

馬克白，你一定要跟她分手，否則最終會害慘了她，你想她以後爲你流淚嗎？趁她三十歲前跟她分手，她還有機會找到另一個男人結婚生子，不要蹉跎她的青春。

她知道他不是開玩笑，眼睛開始被淚水塡滿。

「你怎可以突然變成這樣？我好心幫你卻沒有好報。你這忘恩負義的人。你在外面有其他女人嗎？」

如果說有，她一定會死心，但這個謊言他反而說不出口。

「沒有，我只是單純覺得我們性格不合。今天妳這樣自作主張亂來，明天不知道會做出什麼亂七八糟的事把我害死……妳留在這裡，我會搬走，還有半年租約，我會付租金。」

她臉上爬滿一行行淚水。

「我不需要你的假仁假義，我回去我老家住。你這人沒良心。我後悔跟你在一起那麼久。」

他想起剛認識她時，就被她的笑容吸引，很幸運發現兩人非常談得來，有共同的價值觀，也因此兩人很快就談到彼此共同的未來。

要有一個舒適的家，要一起變老。

所以，他拍了很多照片留念，不斷製造留給老時回味的回憶。最多的是她的單人照，有一半是偷拍，有時她會抱怨拍得不漂亮。如果是找其他人幫忙拍合照的話，兩人都笑得很開心。他會把手搭在她肩上，像告訴未來的他們：雖然我們沒有大富大貴，但過得很快樂。

現在，爲了她的未來，他別無選擇去講一個不想講的謊言，傷害他最不想傷害的人，一手摧毀這個他跟她曾經稱爲家的地方。

他像看到自己把兩人的合照逐一撕碎。

這是他人生最無奈也最黑暗的一天。

他感到心如刀割的痛。

一九九七年六月

38

一九九七年六月的香港，幾乎整個月都下雨。

這個月全世界的目光都聚焦在香港這顆東方之珠上，大家等著看香港主權在七月一日由大不列顛暨北愛爾蘭聯合王國移交到中華人民共和國手上，結束一百五十六年的殖民地歷史。

在言論自由的香港，坊間對此有不同解釋。

有人說大雨是洗去一百五十年淪爲殖民地的恥辱。

有人說是爲大英帝國失去東方之珠而落下的淚水。

二十八日那天晚上，馬克白應邀前往中環某間酒店出席一場傳媒活動。

主持的嘉賓致詞說：「……現今科技發展一日千里。一九九三年時，Windows的版本是3.1，現在大家都用Windows 95，我們用的瀏覽器不再只有Mosaic，還有Netscape Navigator和Microsoft推出的Internet Explorer，開始有人去Amazon上買英文書，也有Yahoo!這樣的搜尋引擎並提供免費的電郵服務……

「現在設計網頁不只單純用html，還會用上JavaScript、cookies、ＳＳＬ等技術……

「網絡世界變得翻天覆地。沒用網絡的人，根本不知道在他們視線以外，居然存在一個他們看不到的世界，而這個世界正開始改變他們能見到的世界……」

來這種場合，馬克白就會碰到很多以前《熱週刊》的同事，像參加舊生會一樣。

在場裡跟無數人交換近況後，馬克白看到一張好久沒見的老面孔，雖然整個人的氣場不一樣了，但，是他沒錯。

對方也認出馬克白，走過來打招呼。

馬克白看到柯班名牌上的「Web Manager」。「你眞的成爲老大了！」

「算不上什麼，底下只有七個人，是個很小的部門。你上網了嗎？」

「沒有，沒時間去學。」

「用我們黃金科技的網絡服務吧，價錢平，速度快，穩定不斷線。」柯班的口吻像打廣告。

馬克白失笑。「網站主管要負責推銷嗎？」

「幫公司吸納新客是每一位同事的責任呀！」

這不是柯班以前會講的話，這傢伙變得很不同，口才好了很多，簡直脫胎換骨。

「你不怕那個預言成眞？」馬克白問。

柯班稍一停頓。

「我現在可以賺很多錢，誰可以抗拒錢？頂多做事盡量小心。聽說你去年也升職做探主了。」

「只是副探主，沒什麼大不了。」

「就是嘛，我們這麼年輕升職是平常事，不升才有問題。你最近有見過葉存正師傅嗎？」

「他好幾年沒上來了，像人間蒸發一樣。」

「移民走了？」

「很多移民走的人都回流了。他在外國應該找不到生意。」

「會不會死了？」

「他應該不到六十歲吧。」

「說不定洩漏太多天機，要承擔因果。」

「你做科技產業的，怎會講這種話？」

「這幾年在社會上閱歷多了，對命理也多了點認識。」柯班改變話題：「我早前去一個科技業的seminar時，看見高佬高旭強。」

馬克白沒有忘記他爲同事講好話的傳聞。「他這麼快就轉行了？」

「對，我也很奇怪，這證明他人脈很強。」

「你有沒有認錯？」

「沒有，有些人還是叫他高佬。」

「有沒有上前跟他打招呼。」

「沒有，高佬又不認識我。」

「但你在《熱週刊》工作過。」

「只是遊學兩個多月的實習記者，學習多於工作，連試用期也沒有過，算個屁。高佬現在行走江湖的名字叫David Ko，中文名改成高旭明。」

「傳統報紙業幾乎每個編輯和專欄作家都有幾個筆名，方便一個作者用幾個筆名同時去寫不同專欄。有時專欄作家拖稿，編輯要化名去頂替。高佬以前就用『高強』這個筆名去寫小說。」

「不，現在的理由不一樣。你聽過『搜尋引擎』嗎？」

「是什麼來的？」

「是一種搜尋網絡的工具，只要輸入關鍵字，就可以把資料找出來，功能會愈來愈強大，說不定以後你丟個名字進去就可以把對方的祖宗十八代都查出來，也就是把高旭強以前做過的好事包括被逼辭職找出來，但換另一個名字就查不到了。」

「難怪他要改名，真是先見之明。」

馬克白跟柯班交換名片，也說保持聯絡，但彼此都沒有提到出來吃飯見面，像在心照不宣避免見到對方。

一九九八年八月

39

九七年底亞洲金融風暴爆發，席捲東亞多國，次年香港政府動用過千億財政儲備打國際金融大鱷，總算力保不失。

銀行借貸利率急升，沒有樓的馬克白安然無恙，但身邊有樓的朋友和同事都變成負資產。

馬克白是第一次聽到「負資產」這說法，指物業的市值低於原先借貸的金額，出現資不抵債的情況。

銀行開始call loan，也就是「收回貸款」。很多炒樓的人還不了錢而破產，其中一個就是馬克白的上司，時事版採訪主任。

身爲傳媒工作者，這人自詡比其他人掌握更多資訊，知得更多，站得更高，看得更遠。他只要存到付首期的錢就買樓，再出租給客人。這種錢滾錢的方式在香港幾乎穩賺不賠，業主可以坐享租金和物業升值的龐大回報。

可是，這裡沒有一層樓完全屬於他，當一間又一間銀行向他追討貸款，他根本還不了錢，最後在家燒炭身亡。

他留下的空缺，別無選擇由馬克白填補。

40

黃金網絡科技大股東Sunny跟合伙人把一手創辦的公司賣掉，套現了一大筆錢提早退休，移居加拿大。

新買家白文石從美國名牌大學商學院畢業，回港創業，從沒踏足過科技業，但他父親有的是錢。兩父子都希望趁這個dot.com熱潮撈大錢。

這是網絡公司火紅的年代。

Netscape的創辦人Marc Andreessen、Yahoo!的創辦人楊志遠、Amazon的創辦人Jeff Bezos跟Microsoft的Bill Gates並駕齊驅，成爲年輕一代和科技創業家的偶像。

「黃金這個名太深水埗了，讓人想到深水埗的黃金商場[6]。」小白說：「改成全英文的名字，看來較國際化，希望可以吸引外國科技公司投資。」

「黃金網絡科技」改名爲「HKOnline」，沒有中文名。

小白擔心柯班跳槽，大手筆地給他加薪百分之八十。

柯班感謝小白的豪爽，但更羨慕他有揮金如土的本錢。

小白把柯班的職稱改爲「內容開發總監」，當然有灌水成份，但公司確實給他的部門再找來五個人，總共十五人，十一男四女。

這時柯班的收入是剛轉職網絡科技業時的四倍，估計和娛樂版主編的收入相若，甚至更多。

他一如葉存正師傅的預言成爲老大，但怎會惹上麻煩？留在惹事生非的《熱週刊》的麻煩應該更大吧！

——你會被出賣、入獄。

柯班憂心戚戚，從去年回歸後開始尋找師傅的下落，希望對方可以指點迷津。以前他不相信，但面對可能出現的麻煩，寧可信其有，不可信其無。

---

6 黃金商場：相當於台灣的光華商場。

一九九八年十月至十二月

41

自從升上總監後，柯班需要花不少時間去應酬，見不同的人。以前他不知道爲什麼要應酬，覺得很浪費時間，但升上高位，位置高了，看到的風景也不一樣。

應酬除了廣結人脈，還可以收集情報。很多行業情報和內幕消息都不會公開，只會口耳相傳，就算公開，也要在幾個星期後。愈早收集到情報，愈能提早準備。你不必跑得很快，但跑得比其他人快就夠了。

他從出來工作，就明白「識人好過識字」的道理。如果不是Sunny帶他進入ＩＳＰ這個行業，他現在可能還載浮載沉。

小白除了給他更多錢，也帶他離開辦公室去四處見識，看看世面。

本來小白只會帶他去認識自己的朋友，也就是其他年輕有錢的創業家，但後來慢慢變質，帶他去位於銅鑼灣崇光百貨後面的商業大廈裡的私人會所。這會所沒有在大堂掛水牌，非常神祕，只在店門口有個小小的白底黑字招牌：儂儂。

店裡的燈光調得很暗，把好幾個單位打通，中間有個正方形的吧枱，外面有八張桌子。桌子之間距離很遠。每張桌子都有一個穿晚禮服的女郎在和客人聊天，講流利的日文，顧客有一半以上是日本人。

「這些『小姐』都是日本人嗎？」柯班在洗手間裡問小白。

「當然不是，她們雖然日語非常流利，但都是地道香港人，包括媽媽生，而且，不會跟客人出街，頂多只能給你摸手。」

柯班有點失望。他看過不少日劇，對日本女性有很多幻想，覺得她們既漂亮，服從性又很高，非常適合做女朋友或太太。

「這裡本來是日資企業高層來玩的私竇。」小白向他們解釋。「就是日本漫畫裡，上班族下班後去消遣的場所。不過，自從日本泡沫經濟爆破，香港日資企業也不斷撤退，現在的客人只剩下日本金融機構的職員，恐怕他們也撐不了多久。」

柯班小時所知的日本是個先進的國家，是漫畫大國，是電器大國。他親自去日本一趟後，發現人家的市容和科技領先香港至少十年。這麼強大的國家居然會在幾年間出現經濟危機，他完全無法想像。

小白又說：「日本政府自一九九七年起開始實施金融改革，大藏省要求日本的銀行結束海外業務並進行合併，組成『超級銀行』（mega bank），像三菱銀行與東京銀行合併成東京三菱銀行，我聽媽媽生說，她在日本銀行工作的客人告訴她，下一波是住友銀行和三井集團的櫻花銀行合併成三井住友銀行。誰會想到十年前是全球第二大經濟體僅次於美國的日本，現在會變成這個樣子？」

柯班覺得日本的事離自己太遠，但世事那種變幻莫測，讓他不寒而慄。一帆風順的他，怎會坐牢？到底發生什麼事？

「人生苦短，要及時行樂。如果你想玩的話，」小白又說：「我介紹朋友給你。要玩就要玩好玩的。」

42

小白帶柯班參加一個慈善舞會，介紹一男一女給他認識。

Ely三十多歲，很瘦，笑容滿面，臉上好像除了笑以外沒有其他表情。

Emmy年紀比Ely大，也比他胖，說不上是美女，同樣除了笑容外沒有其他表情。

柯班要聽小白講兩次，才確定這對男女是夫妻關係。

「Emmy，借妳先生過來，我們有事情要討論。」

小白不等Emmy答應，就拉柯班和Ely遠離其他人，三個人霸佔一張高腳圓桌，把香檳放在桌上。

「阿班，Ely是我認識了超過十年的好朋友，非常信得過，你有什麼要求都能跟他說。Ely，阿班是我公司的重要人物，也是我的左右手，辦事能力一流，但沒人是完美的，你需要啟發他，教他人生的意義，享受人生的樂趣。我留下你們慢慢聊。」

小白拍了拍柯班的肩後才離開。

「我可以介紹漂亮的小姐給你認識，每一個都是model等級。」Ely說：「不過，就算model也有很多種，和分不同價錢。你愈老實告訴我你的需求和預算，我愈能配合你。」

柯班沒跟人聊過這種話題，但覺得和採購電腦大同小異，說出價錢和需求，供應商就會提供相應的貨品。

「很多男人剛出來玩時並不知道自己的需求，」Ely又說：「你要玩得愈多才愈清楚自己喜好的類型。我會提供三個不同類型的讓你去親身體驗，讓你知道自己的喜好。」

柯班和Ely交換電話號碼後，在人群之中找到大笑的小白：「Ely老婆知道他做那種事情嗎？」

「怎會不知道？那些女人都是Emmy找來的。她到處結識年輕貌美的女性，如果發現對方想找外快，就說有工作機會可以賺快錢。」

「他們兩夫婦就是專門做這種事情的嗎？」

「不，Ely的本業是電腦零售商，因此和很多中小企業的老闆都很熟絡，知道他們在電腦以外的需要，再發展副業，頭腦非常靈活。說不定有一日他會結束電腦零售商業務，把副業變成主業。」

43

Ely根據柯班的要求，第一個介紹的是個二十歲的女大學生。

「不要向她問長問短。」Ely提醒他。「就算她告訴你的，也不見得是眞話。」

柯班很滿意她的外表，和她沒有多餘的聊天，反正她不是來相親和交朋友，只是一個短暫性服務供應商。

事後，小白打電話問他：「ＯＫ嗎？」

「不行，和預期的不一樣。」

「不合你要求？」

「她雖然比我年輕，但表現出來像是大姐姐，我是小弟弟。」

Ely接下來兩次安排不同類型的女人，都聲稱是大學生，一個是妹妹型，一個很矯小，但柯班事後照樣說不行，理由分別是「講太多話」和「頭髮太短了」。

「還有，她們兩個都不知道tutor是什麼。我不知道她們在哪裡上大學？」

第四次後，小白在酒店大堂等他，帶他去吃消夜。

「不用多說，我看得出來，你的表情不是一個剛剛得到滿足的人。你的問題就是我的問題，我是來解決問題。」

「不用了。」柯班不想回答。

「這不只是錢的問題。你是小白的朋友，也就是我的朋友。你說不行到底是什麼意思？是她們不合你要求，還是你的事情沒有完成。」

「沒有完成。」

「以前有沒有完成過？」

「沒有。」

「在找我以前是處男？」

「可以換別個話題嗎？」

「不到三十歲就這樣，難道你想接下來幾十年都是這樣嗎？你有的是錢，女人的問題很容易解決。其實你喜歡的是什麼類型？穿校服？制服？成熟型？喜歡被打？每個人喜好都不一樣，沒什麼好羞恥。你看我就知道，我喜歡年紀比我大，有肉地（多肉）沒身材的。」

「我……喜歡服從性高的。」

「你要未成年？這種非法玩意我們並不提供。我覺得你需要比你弱很多的女性才能滿足。我們提供睡公主服務，就是女的會吃安眠藥，失去知覺，任客人擺佈。」

「合法的？」

「只要查身份證時看不出來就是合法，當然，價錢貴很多，但對你來說應該不是問題。」

「如果她醒不過來呢？」

「我們給她們吃的安眠藥劑量很小，不是像自殺那樣一口氣吞幾十顆，從來沒有出過事。」

柯班不會忘記葉存正說他會入獄的預言。「太危險了。」

「沒有問題。」小白沒有勉強。「小心駛得萬年船，我明白，我會替你留意適合的人選。」

一九九九年三月

44

相隔三個月後，柯班再次接到Ely的電話。

「我最近找到一個女孩不知道你有沒有興趣？她剛滿十八歲，五呎四（約一百六十三公分），四分之一混血，眼大大，清純過蒸餾水，美得可以去拍廣告。」

柯班聽過Ely的誇張形容太多次，早就免疫，除了——

「什麼叫四分之一混血？」

「她媽媽是中法混血，爸爸是香港人。」

「這種混血兒在香港不是上等人嗎？怎會出來做？」

「我沒問，可能是金融風暴後破產。家家有本難唸的經，這個上等搶手貨你要不要？不要我就找下家。」

柯班在地鐵站第一眼見到這個叫Suki的女孩時，除了眼前一亮，覺得Ely難得講老實話以外，也懷疑她未成年。

——你會被出賣、入獄。

「給我看妳的身份證。」柯班聽Ely說過，如果有懷疑，可以問她拿身份證來看。

她爽快答應。

剛滿十八歲，中文名叫方淑德。父母給她取這名字，大概是希望她日後嫁人成爲賢良淑德也非常傳統的女人。

香港還流行這一套嗎？

無所謂啦，柯班放下心來，跟她上酒店。

其實剛滿十八歲和差一點就十八歲，就是日期上的差別，生理和心理上的差別微不足道。

她說準備考大學，但父親喜歡拈花惹草，很少回家，更沒有給家用。母親要去謀生，她根本無心向學，希望盡快賺到錢能夠經濟獨立，離開那個殘缺不堪的家。

柯班笑著點頭。女人講這種理由是不是覺得最容易騙取男人的同情？他沒有資格批評她們做這一行，只希望她賣身不是爲了買奢侈品。

妳們不值得爲了那種庸俗的東西去出賣自己。

他很好奇女人可以賣身到多少歲？二十五？三十？每年都有更年輕貌美的女性推出市場。這種沒有一技之長的女性過了三十歲，不，應該在二十五歲就要開始部署，最好找個有錢人嫁掉，轉型爲賢妻良母，就像她的名字一樣。

雖然她最年輕，卻是第一個幫到他的女性。

「原來就是這樣。」

這種事情做過一次，對女人的看法就會變得不同：就算年輕貌美看起來一本正經的女性，只要你付得起錢，就可以叫她做很多你想像不到女性會爲男性提供的服務。

完成了第一次，第二次跟第三次就很容易。

這個不能讓人知道的遊戲，是他釋放壓力的方式。

每個人都有祕密，這就是他的祕密。

這個爲他開啟新世界的女性，讓他無法自拔。他叫Ely不用再介紹其他女人。

「Suki就可以了。」

他給她準備了自己那間中學的女學生校服，要她換上。她沒有拒絕，也沒有說要加錢。

她穿上中學校服後，就根本是一個中學生的模樣。

Suki不願多講自己的事，就算她講，他也無法確定是眞話。她向他獻出自己的身體，並不代表包括靈魂和祕密。

他聽從Ely指示，也沒有向她透露自己的眞名和職業。

「你和她只是一買一賣的關係，不要把這種生意浪漫化，不要沉船（暈船），不要把短期關係變成長期關係。你付不起這個代價。」

一九九九年八月

45

柯班和她越過的第一道界線，是她問他付多少錢給Ely。

Ely說過，這些女孩一定想跳過他這個中介，直接跟客人談生意，但中介這個角色的存在意義，不只是替她們過濾客人，確保她們可以放心去見客人，也可以安全無恙地離開，更在她們需要幫忙時，不會叫天不應叫地不靈。

柯班覺得Ely說的是商人自賣自誇的話。他不是變態的客人，對Suki很溫柔，過去幾個月見面超過十次，她對自己很放心。

「我付他八千。」他把數字報小一千。

「不如你直接找我，我只收你六千，一家便宜兩家着。」

「他付妳多少？」

「四千五。」

抽佣一半，Ely簡直是吸血鬼。

差一、兩千自己無所謂，但對賺皮肉錢的Suki來說差別就很大。

爲了討好她，他說：「我付妳七千，七七不盡。」

「七七不盡，六六無窮，不如七千六。」她跟他討價還價。

這樣的話，他就只省了一千四百。有時他吃個晚餐也不只這個價錢。

不過，他無所謂，就當是助學，反正這晚他一次越過了三條界線。

一、給她自己的電話號碼。

二、跳過Ely跟Suki做生意。

三、聽從Suki建議。「如果你突然斷絕跟Ely的來往，他一定知道我接你的私幫生意，所以你要繼續叫他幫你找別的女人。」

46

開完會，小白叫住柯班：「聽Ely說你沒再找他了。」

「那種玩意不適合我，再玩下去，我怕沉船。」

「對。」小白連連點頭。「沉船很麻煩，有家室的男人碰到這種情況一定家變，就算單身男人遇上也很麻煩，就算斬纜（一刀兩段），也要很久才能復原，比炒輸股票更大鑊。」

柯班懷疑自己開始沉船，他每個星期都要找Suki，又或者，其實他只是想要個女人陪自己做做運動？

他不懂。

「有一件事我不懂，Ely是看上Emmy哪一點？」

「哈哈，Emmy是有錢女呀！Ely開公司的錢就是由Emmy父親出，其實那間應該是Emmy的公司，只是由Ely負責營運。」

柯班想起Ely講的「喜歡年紀比我大，有肉地沒身材」那句話，眞是漂亮的謊言。

一九九九年十一月上旬

47

柯班把跟Suki的見面地點改到九龍塘的時鐘酒店，方便自己在九龍城市大學上完MBA的夜課後過去。

他抵達時鐘酒店時往往差不多十點，所以會叫她先去買消夜回去時鐘酒店，兩人吃完再做正事。

其實他很想跟她到外面的餐廳共進晚餐，但兩人的年齡差距太大，一定會被人指指點點。她說不會，這個想法是他的心理作用，但他非常介意。

這天她買來點心，有燒賣、蝦餃、山竹牛肉、春卷、糯米雞、叉燒包，遠遠超過兩個人的食量。

「我們吃不完吧！」柯班知道她打什麼主意，但算了，拿出兩張百元鈔票給她。

「吃不完我帶走，這點心店是新開的。」她把鈔票收好。

「味道不錯。我們把時鐘酒店當成酒店來吃東西，會很奇怪嗎？」

「不會，我做這行見過很多奇怪的事，有個老男人叫我穿上他提供的睡衣，噴上他提供的香水，再抱著我睡覺。」

柯班其實不喜歡聽她講跟其他男人的事，但除非他包養她，否則無法阻止。不過，就算他包養，也無法保證她不賺外快。

「什麼事也沒做？」

她不會知道他在想什麼。

「沒有，就只是單純抱著睡覺。第二天他告訴我原因，原來他太太過身，他非常掛念她，所以要我假扮他太太。這種情況並不罕見，特別是在大時大節。很多從來沒有結過婚的男人，他們只想抱著另一個人感受對方的體溫。」

「有種空虛、寂寞和凍的感覺。」他引用周星馳的著名台詞。

「沒錯。大城市很熱鬧，反而容易讓人感受到孤獨，而且從外表看不出來。」

「我不是這種人。」

「你騙我，我知道。」

「妳知道？」

「怎會不知道？我和你是同一類人。」她苦笑。

他不知道她是認眞的或者開玩笑。他摸不透這個小他十歲的少女。

他吃完點心就去洗澡，洗盡全身上下的疲勞，準備等下做運動。

這個Suki大話連篇。她剛入行，怎可能見過很多奇怪的事情？老男人如果懷念老婆，又怎會找像她這樣一個中學生模樣的少女？她不會蠢到分不出男人的謊言吧！明明什麼也不懂卻要裝成老江湖，她當他是傻的嗎？

世界就是這樣，不管大人跟小孩都要裝作懂很多事情，裝作看透人生，裝作瞭解世界的運作方式。

他不打算揭發她，揭穿她的謊言沒有意義，就讓她以爲可以騙過他吧。人生只是一場遊戲一場夢。

他擦乾身體，連毛巾也沒有披上，打開浴室門，卻奇怪她並沒有像以前般把房燈調暗。

她倒在床上，手放在喉嚨上面，臉色變藍還非常猙獰。

他摸她的臉，發現她像失去體溫。

他去探她的脈搏，什麼也探不到。接著他把手指伸到她的口鼻，發現她沒有呼吸。

怎會這樣？短短幾分鐘內到底發生什麼事？

他的視線從她的臉游移到她的身上，發現床單濕了。

她失禁了。

一張叉燒包紙安安靜靜地躺在床單上，隨著冷氣機出風口噴出的氣流搖曳，如微風中的一片樹葉、風中殘燭，不，她連殘燭也說不上，已經熄滅了。

Ely擔心囡囡被變態佬殺死，一定沒想過她們會在吃叉燒包時意外哽死。

如果他是透過Ely去約Suki，就可以直接聯絡Ely。

不，他和Ely是老朋友，讓Ely賺了很多錢，超過二十萬，不妨厚著臉皮打電話過去求救。

可是，Ely的電話根本打不通。

他想起幾個月前Ely說過，會去英國探望兒子，說不定剛好現在就在三萬呎高空上面。

他想打電話報警時，葉存正師傅的預言在腦海浮起，不，她死掉不會害他入獄，人又不是他殺的。

如果他會坐牢，一定是另一個原因。

他打開她的手袋，找到她的成人身份證，鬆了口氣。

和成年女性開房並沒有犯法。

除了身份證外，她還有其他證件，包括，一張，中學，學生證，上面的姓名不是方淑德，而是方淑惠。

他的手開始發抖。

她怎會有兩個名字？

他拿出她的身份證和學生證來比較，雖然兩張照片上的臉很相像，但細看之下就會看出屬於兩個人，應該是兩姐妹。Suki的眞正身份應該是未成年的方淑惠而不是成年的方淑德。

Suki一是向姐姐借了身份證來用，一是盜用了姐姐的身份證，但不管怎樣，都表示他犯下俗稱「衰十一」的「與未成年少女發生性行爲」這個有十一個字的罪行。

如果報警的話，他一定會坐牢。

他可以向時鐘酒店職員求助嗎？不，他們很有可能出賣他。

如果他一走了之就更麻煩，警方一定會認爲涉及謀殺，他是畏罪潛逃。

葉存正師傅的預言是不是終於成眞？他感到一陣毛骨悚然。

原來，他擔驚受怕多年的坐牢理由，是這個。他終於知道了。

他是不是無法扭轉這個命運？

只有一個人能理解他的困境，說不定，也可以幫忙扭轉他的命運。

不只可以扭轉柯班自己的命運，也包括那個人的命運。

柯班打電話過去。

48

九七後很多行業生意都很差，唯獨有巨大發展潛力的網絡業一枝獨秀，並從電腦科技業和傳媒業重金挖角人才。

馬克白覺得同行行家在這幾個月講的行業大變終於來臨。這年農曆新年後，煇少連同他的八個心腹在同一日遞交辭職信，寧願補錢也要即時辭職，那筆「代通知金」由新公司負責。

煇少當年剛兼任署理時事版主編時，說需要馬克白這個心腹，只是順口開河，這次他沒有問馬克白要不要一起出走。

除了時事版，娛樂版也有大量同事被挖走。整個《熱週刊》變得兵荒馬亂，也機會處處。科技公司出的高薪遠遠超出雜誌社的負擔能力，但大老闆親自出馬留人，把底下的人盡快升上去，同時一律加薪百分之二十，希望員工就算沒被科技公司挖走，也不要被其他雜誌和報紙挖走，特別是強大的競爭對手《八方週刊》。

馬克白由採訪主任升爲主編，工作多到做不完。

現在雜誌分成Book A和B兩冊。上冊主打政治、時事和財經，下冊主打娛樂（其實是八卦）、生活和文化。哪一個封面放在外面就由報販決定。這種做法從《熱週刊》開始做起，其他行家雜誌很快仿效。

馬克白做記者時只需要採訪，但做主編的思維完全不一樣。記者提供材料，編輯是廚師。他需要每一期Book A都有精彩的封面故事，每個月都有一個重量級報導，否則會在他們稱爲「批鬥大會」的週會上被各高層罵得狗血淋頭。

在批鬥大會裡，所有發言都非常直接，不拐彎抹角，不顧任何人的感受和尊嚴，就算副採主也可以挑戰總編的決定，大老闆氣在心頭時任何難聽的話甚至粗口都會衝口而出，所有男同事的老母都會被問候，女同事也一樣，充分體現男女平等。有些女同事不想被批鬥，寧願不升職。

批鬥大會的目的只有一個，把雜誌辦好，增加銷量和廣告量。

身爲主編，就算睡覺，馬克白也一直把流動電話放在床邊。

這晚顯示的電話號碼非常陌生，但他不會拒聽。你不知道電話另一頭的人會給你怎樣的消息。天曉得會不會改變他的命運。他揭發廣播處長和情人在東京偷情的新聞，是他的成名作，改變了他的人生。

那是六年前的新聞，在瞬息萬變的香港，久遠得像幾十年前那樣。他需要另一則同樣震撼的新聞再次擦亮自己的招牌。

「我是柯班，出了大麻煩，也可能是你的麻煩。」柯班把在時鐘酒店尋歡搞出人命的事簡單說了一遍。

馬克白很快由半夢半醒，變成百分之百清醒。

「聽我說，其實『衰十一』指的不是十八歲，而是十六歲。」

「她還是不夠十六歲。」

「她到底多少歲？」

「差一個月十六歲。」

「你神經病的嗎？不到十六歲怎會看不出來？」

「她是混血兒，又化了妝，我眞的看不出來。你不幫忙，就是出賣我。」

「我不幫忙這怎算得上出賣？」

「你見死不救。」

「你死你事，與我無關。」

「怎會無關？如果我因爲這件事而眞的坐牢，代表葉存正對我的預言成眞，也表示葉存正對你的預言會逐步成眞，你有沒有心理準備去承受那個後果？」

馬克白本來以爲自己頭腦清醒，沒想到這個問題一點也不容易回答。也無法拖延。

「你在哪間酒店？」

「不是酒店，而是在九龍塘的四季別墅時鐘酒店，我剛才說過。」

「四季……是不是有三層、大門外有個水池養錦鯉哪間？」

「對，你來過？」

「我去過做採訪，有點印象。」馬克白翻查自己的筆記簿。他有一本專門記下各大餐廳、酒店、時鐘酒店和私人會所的資料。「現在的管理員是不是叫根叔？」

「我不知道，他四眼，留八字鬚，廣東話不純正，有外省人口音。」

馬克白在筆記上記下相關人物的外貌特徵。

「沒錯，根叔雖然是外江佬（外省人），但在四季工作了很多年，很多事情都可以由他一個人話事（決定），也可以用錢解決。他不喜歡警方上門妨礙做生意又要錄口供又一又七，也不喜歡四季見報嚇走客人，害他少收貼士（tips，小費）。你身上有多少現金？」

「三千多。」

「你說會付他一萬元現金，叫他明天洗掉今天的閉路電視錄影，不留底，不能說見過你，也要替房間進行大清潔。他會懂的。那女的死了多久？」

「大概半個小時。」

「多重？」

「很瘦，應該不到一百磅（約四十五公斤）。」

「你能用公主抱把她抱起來嗎？」

「我試試看，你等一下……ＯＫ。」

「她有沒有屍斑，或者身體變硬？」

「都沒有，看來像睡著一樣。」

「你馬上把冷氣調到最低溫度。」

「ＯＫ。」

「她現在有穿衣服嗎？」

「有。」

「馬上離開四季，把垃圾桶裡的東西帶走，什麼也不要留下。記得付三千給根叔，說有個男人會去處理，不用告訴他我是誰。我會再拿七千給他。」

「我會還錢給你。」

「不用。我不想再見到你。」

「可不可以簡單一點，付錢叫根叔幫忙處理那個女人？」

「就算他說可以收錢替你處理，你信得過他嗎？你不怕他勒索你嗎？這事件一曝光，你就完蛋了。你馬上去旺角找個人多的通宵茶餐廳食消夜，天亮才走，不要喝酒，一口也不要碰，不要漏了口風。你在茶餐廳裡要故意打爛東西，和他們爭吵後再賠錢，讓他們對你留下印象。」

「我懂的，就像犯罪小說寫的那樣。」

「不是像，我們現在做的事情就是了。」

「謝謝你幫我這個大忙。雖然很老套還是要講一句，你的大恩大德沒齒難忘。」

「不要誤會。我不是幫你，而是幫我自己。我只是不想你入獄令葉存正的預言成眞。你跳樓死或者被人斬死，我都無所謂，而且會非常開心，因爲你不會再給我惹麻煩。你以後醒醒定定（打起精神），不要行差踏錯。有急事的話，你打去call台說是何小姐找我，我會用其他電話號碼聯絡你。」

49

馬克白戴上鴨舌帽、口罩、黑超（墨鏡），驅車抵達四季別墅後，戴上皮手套，把裝了十四張「啡牛」（五百塊港幣鈔票，約兩千台幣）的信封交給根叔，交換一把鑰匙。

「２Ｂ。」

根叔說話時，眼睛盯著他，好像有話要說，但沒有說。

根叔也許憑馬克白的眼睛就認出他來，這種管理員認人能力很強，但不多話。如果要找他麻煩，根叔可以直接記下車牌號碼，不過這種人如果不知道上門的人是什麼背景，絕不會亂來。

四季沒有升降機，幸好樓梯夠寬，抱那女的下來不會很困難。

晚上十一點半，很多房間都傳來男女呻吟的聲音，但不一定是房客發出，而是來自電視播映的成人電影。馬克白聽說過很多時鐘酒店的故事。有些上年紀的男人辦事不順，和女性朋友把時鐘酒店當成私人影院去觀賞電影。

推開２Ｂ的房門後，那股冷氣讓馬克白不自禁打了個冷顫。大門旁邊的溫度計指向十八度。

他很快就見到這晚的女主角，終於見到。

她半躺在床上，半隻腳伸出床外，臉用毛巾遮掩。馬克白把毛巾拉開。

柯班眞是下流賤格，污糟邋遢，不只糟蹋一個未成年少女的生命，還騙他說她死得安詳，根本不是。

她整張臉都變成藍色，也死不眼閉。

馬克白無法憑她這模樣去判斷她是否成年。他做新聞差不多十年，見過很多年輕女子死於非命的新聞，每次都覺得她們如果沒有死去，以後的人生會有多麼精彩，會結婚，做人家的太太，做人家的母親，有一天會抱自己的孫子。

現在這個少女的生命提早結束，未來的一切只能存於幻想裡。

她爲什麼不好好讀書，偏要硬闖成年人的世界？如果可以的話，他希望自己一輩子都不長大，不要活在謊言組成的世界裡。

披狼皮的羊，永遠騙不過披羊皮的狼，也只會成爲狼的點心，就像她的下場。

柯班是人渣。最可惡的是，自己居然要替那個人渣擦屁股！如果他有槍的話，寧願一槍打死柯班。

雖然他同情她，但她死後就只是一具屍體，連人也算不上。

幸好她還沒有出現屍斑，她不會想過自己就這樣死掉，更不會想到她的死會影響兩個男人的命運。如果葉存正師傅說柯班會坐牢，很明顯就是指這個事情，而她就是命中註定會害柯班坐牢的那個人。

如果她的死是宿命，就等於不由她作主，他和柯班的命也不由他們作主。

他可以從她的死亡想到宿命論和自由意志的問題，但當下這些問題都沒有意義，他目前要處理的是善後的問題。

垃圾桶裡空空如也，柯班清理了，這大概是今晚他唯一做對的事。

馬克白去浴室拿大毛巾，塞到她底下，把她抱起來，也要把她的臉遮蓋。她還沒有變硬，但離開這個低溫空間後，大概一到兩個小時後就會快速變硬。

他打開大門，用門塞（門擋）頂住門後，就以公主抱的方式抱起她。

幸好，她的體重，柯班並沒有騙人。

根叔替他打開後座的車門讓他放下女主角，這種事別墅管理員知道怎樣做。

馬克白在駕駛座坐下來後看時間，他居然花了十五分鐘。

根叔知不知道死了人？也有可能是就算死了人也不介意。

接下來才是挑戰，馬克白會不會在途中被截停被發現？然後因爲「非法處理屍體罪」——又名「阻止屍體合法埋葬罪」——而被捕？

不，如果他會因此被捕而坐牢，葉存正師傅一定會提醒他。

師傅沒說，表示他一定沒有事。

他有恃無恐地踏下油門。

一九九九年十二月

50

「你什麼時候有空去蘭桂芳吹水（聊天）？」Ely打電話來問柯班。

「最近好忙。」柯班不會再跟Ely見面，Ely一定想灌醉他再盤問。「忙於應付MBA的功課，月底又要應付『千年蟲』（千禧蟲危機），你忘記了嗎？」

「我忘了。你最後一次見Suki是什麼時候？」

「這個我倒忘了，我很久沒見她了，她怎樣？」

「我聯絡不上她，怕她出意外。」

「哪有這麼多意外？」

「我怕她跳過我接客，遇到變態的客人，途中遇到意外。我經常跟她們說由我找客人是爲她們的人身安全著想。」

「不會有事的。她一定平安沒事。如果有她的消息就告訴我，她很靚女，希望她平安。」

二〇〇〇年一月上旬

51

【本報訊】昨日清晨，有行山人士在虎門山郊野公園發現一具全身赤裸及腐爛的女屍，身上有被野獸啃食的齒痕，推算已死去一段時間。

由於沒有身份證明文件，警方無法辨認身份。

馬克白讀到這則新聞時，有種很特別的感覺。

你做的好事被發現了，現在就要賭警方會不會找到你。

香港每年有無數這種無頭公案，雖然科技進步，可以用DNA、指紋、牙齒等去辨認，但如果屍體腐爛到某個地步，科技也無力補救。

也許日後有機會，但也許要好多好多年以後。

那天他棄屍時，並沒有想太多，只希望這件事順利結束，讓葉存正師傅的預言不會成眞。

只要柯班不會因此坐牢，葉師傅後面說他的預言就不會成真。

柯班應該也這樣想吧，一定是。那晚後，兩人就沒有再聯繫，如無意外的話，他們也會從此斷絕聯絡。

那件事是他們不願意提及和回想的祕密。只要不見面，那件事就不會被提起。只要不提起，那事就會被遺忘，被消失，彷彿從來沒有發生過。

四季的根叔雖然是目擊者，但看不到事件全貌，不知道發生什麼事。

沒有證據證明那具腐屍就是根叔見過的某個活生生的女子。

那具屍體沒有人名，沒有故事，甚至比不上天王歌星被發現偷情般矚目。

香港各大報紙把這新聞安排在「報屁股」的位置，就是在報紙版面不重要不顯眼的位置，用來填滿重要新聞留下來的空間。

二〇〇〇年一月下旬

52

【本報訊】本月上旬在虎門山郊野公園發現的女屍，警方透過基因對比，確認死者是自去年十一月起失蹤的十五歲中學生方淑惠。重案組正接手調查。

警方居然能找到她的身份。馬克白不知道她的名字，但應該是她沒錯。如果四季的根叔留意到這新聞，又有推理頭腦，就可以知道她是誰，還有他和柯班做過的事。

馬克白叫記者去調查這案件，順便向警方打探情報，名正言順，出師有名。

53

方家是破碎家庭，一家四口，爸爸風流成性，完全不顧家，也失蹤多時，媽媽是中法混血兒，在酒吧工作。姐姐方淑德去年起輟學謀生，妹妹方淑惠有高買（在店內偷竊）紀錄，曾遭「警司警誡」（Superintendent's Discretion Scheme），就是由警司或以上職級的警務人員行使酌情權，讓承認觸犯輕微罪行的青少年不被起訴也不留案底。

方淑德表示妹妹失蹤後，發現自己的身份證被調換——馬克白丟進路邊的垃圾桶，現在不知在哪個堆填區。

54

翼仔是加入《熱週刊》只有四個月的實習記者，朋友的弟弟在方淑惠就讀的中學裡讀書，他找到死者的同學訪問，不是同班，而是同校。

方淑惠在學校裡的名氣很響，有「邪牌（邪派）校花」之稱。大家都知道她不是好東西，所以就算學校出通告叫同學「不要散播流言」、「尊重不幸離世的同學」，但都被當成是耳邊風。

她帶頭欺凌同學，公認是壞學生，沒有同學爲她的死掉下一滴淚。她有幾個表面一起玩但其實很討厭她的同學，這時跟她劃清界線。

「那條八婆終於被天收！」幾個同學異口同聲說。

「她有流動電話，經常在外面過夜。」

「她說家裡沒錢，但爲什麼她會有流動電話？誰付錢？」

「我懷疑全校老師都知道她做雞，所以從來不點名叫她回答問題，任由她自生自滅。」

「我連標題也想好了。『援交學生妹魂斷郊野公園』。」翼仔在開會時說。

馬克白一直對方淑德的說法存疑，說不定兩姐妹根本就是交換身份證方便援交。天生麗質的女中學生在她們身處的環境裡覺得自己得天獨厚，往往高估美貌的影響力。其實美貌只是加分條件，如果空有美貌而沒有腦袋，不知道怎樣保護自己，反而會爲自己惹來更多麻煩，甚至殺身之禍。

「這不錯是可以刺激銷量的報導。可是那間學校的名字已經被公開，我們再做這個故事就會給他們的學生加上標籤，特別是女學生。」

「『報導百分百眞相』一向是我們《熱週刊》的宗旨，我們說的全部都是眞相。」翼仔不認同。

「報導眞相很重要，但是良知同樣重要。」馬克白堅持。

時事版會議裡除了他們兩人以外，還有編輯部正副採主和其他記者，但都保持緘默，不加入論戰。

「到底發生什麼事？《熱週刊》什麼時候變得這麼保守？眞的講良知？」翼仔講話非常直接。「大家都知道那個『報導百分百眞相』的說法只是包裝，《熱週刊》一向賺錢至上，爲什麼現在有獨家新聞我們竟然不去報導？」

「你的消息來源可以公開嗎？」

「當然不可能，他還在裡面讀書。」

「三年前《熱週刊》就是因爲相信匿名報導而中暗箭，雜誌總編和時事版主編、採主和副採主四個人人頭落地。」馬克白斬釘截鐵說：「總之我不批准。」

55

翼仔那篇報導最後刊出，成爲Book A的封面故事，但不是在《熱週刊》，而是在競爭對手《八方週刊》。發行商說這一期印了十五萬冊，在中午前賣光。

那間中學的管理層和家長打電話去八方的編輯部和電台投訴，批評報導失實，刊登死者的校服照有損校譽。

《八方週刊》承諾下一期刊登道歉聲明，但同時祕密加印三萬冊，總共十八萬冊，超越馬克白報導廣播處長歐陽家富偷情那期的十七萬冊。

翼仔馬上通過試用期，正式成爲記者。

以上都是馬克白從不同管道打探到的消息，可以確定眞確無誤。

他沒有後悔讓翼仔辭職，他從一開始就只是想利用記者幫自己收集情報，而不是眞的刊登報導。

他本來也並不認識方淑惠，在四季沒有留下任何指紋，四季的閉路電視拍不到他的容貌，錄影也被洗掉。

萬一翼仔的報導惹出大麻煩，不知怎樣搞到他的容貌被公開，天曉得會不會引起連鎖反應把他和方淑惠扯上關係？

馬克白在四季別墅抱過方淑惠，在虎門山放下她，送她上黃泉。他們的連結在那時就結束。

沒人會聯想到自己。

中場

不生不滅，不垢不淨，不增不減

——《般若波羅蜜多心經》

二〇〇〇至二〇一七年

56

二〇〇一年九月十一日，馬克白看著飛機撞入雙子塔，震驚不已，徹夜難眠。蘇聯解體，冷戰結束剛剛十年，他很想問葉存正師傅第三次世界大戰會不會爆發，但沒有師傅的聯絡方式。

第二年，《熱週刊》進行改革，每一個版面最高負責人的職銜由主編改為總編，算是「職銜通脹」（Title Inflation）。他終於成為總編，時事版總編，不過，他的目標是成為雜誌總編。

二〇〇三年，嚴重急性呼吸道症候群（SARS）傳入香港，造成兩百九十九人死亡，一千七百五十五人被感染，八位前線醫護人員殉職，重創香港經濟，樓價大幅下滑。

這是馬克白住在香港三十多年來經歷過的最大一件事。有些本來值三百多萬的單位，急跌至一百多萬。有冒險精神的投資者採取「別人貪婪時我恐懼，別人恐懼時我貪婪」的做法，大舉出擊掃貨買樓。

馬克白很想趁低吸納，希望買樓而不是租樓，但更怕葉存正說他破產的預言成眞，所以沒有行動。

次年，中國中央政府與香港簽署《內地與港澳關於建立更緊密經貿關係的安排》（CEPA，*Closer Economic Partnership Arrangement*）協議，香港旅遊業大幅增長，帶動整體樓價上升。那些單位很快回到正常價位，買家賺到盤滿缽滿，馬克白後悔莫及。

二〇〇七年美國爆發「次級房屋借貸危機」，有百年歷史的全美第四大投資銀行雷曼兄弟發行的信貸掛鉤票據（香港稱爲「迷你債券」，台灣稱爲「連動債」）價值暴跌，投資者損失慘重，後來雷曼兄弟甚至破產，震撼全球。

這時馬克白成爲時事版負責人差不多十年，存款豐厚，向財經版總編討教後徵詢過意見，確定這可以算是技術調整，而不是結構性改變後，終於首次置業，擁有自己的安樂窩。

57

馬克白本來不打算結婚，這樣就可以令葉存正那個「你太太為你落淚」的預言落空，可是當他的祕書剛好也叫作美詩時，他固守多年的想法開始動搖。

這個美詩不是姓馮，而是姓周，比他年輕十五歲，九龍大學中文系碩士，碩士論文是研究香港報紙的連載小說，崇拜堅守報業的報人。馬克白估計她也崇拜做雜誌的人，否則不會來《熱週刊》工作。

「我看過白哥的連載小說。」有天她告訴他。「想不到你會寫小說。」

「妳研究的範圍不是五、六十年代的連載小說嗎？」馬克白第一次跟她聊工作以外的話題。「那時我還沒有出生。」

「你怎知道我研究什麼？」

「妳在履歷表上有寫呀！」

「你竟然記得？」

「當然，但妳怎會找我的小說來讀？」

「不是特別找，而是我在中學時讀《香港時報》上的連載。那種老派的文字風格給我很深的印象，以為是老作家用筆名寫的作品，一直想找出是誰但找不到，直到早前跟他們吃飯時聽說你用化名寫過小說，才發現是你，非常巧合。你還會再寫嗎？」

「寫小說太難了，寫過一次就夠。」

「以前你們有個總編用筆名高強寫的小說就很差，沒有新意也沒有內涵。」

馬克白笑出來，這個美詩講話很直接，而且想法居然和他一樣。

「白哥吃太多油炸食物了，很不健康。」

「我們那代人是吃茶餐廳長大的，習慣了。」

「我舅父暴飲暴食，最後心血管堵塞要做搭橋手術。」

「做人太艱難，如果能這樣死也不錯。」

「我在pantry（茶水間）煲粥，給白哥準備了一碗。」

「謝謝，以前也有祕書在公司煲粥，很多年前了，現在應該只有妳……味道不錯，比粥店賣的還要好吃，眞的是妳煲的嗎？」

「當然，我媽教的。白哥愛吃的話，我可以每天都煲。」

「白哥怕結婚會失去自由嗎？」

他沒必要告訴她眞相。「我專注在工作上，希望能做到雜誌總編，但會犧牲陪家人的時間。如果沒有家人的話，就不會虧欠他們。」

「如果和同事結婚就不會有問題，可以每天一起上下班。」

她對他有好感，知道他對她也有好感，更知道他也知道她知道他對她有好感。《熱週刊》同仁都清楚知道他們兩個對彼此互有好感，他們兩個也都知道對方知道所有同事都知道他們互有好感。

這給馬克白很大壓力，好不容易送走馮美詩，如果迎接周美詩進入自己的人生，不只對不起馮美詩，也可能害了周美詩。

祕書周美詩年輕貌美又聽話，是跟事事有主見也喜歡自作主張的馮美詩老師不同的類型。他告訴自己，世界變了，柯班沒有坐牢，葉存正的預言已經落空，只是江湖術士的瘋言瘋語。

58

小白優待員工，花錢如流水，缺乏管理公司的能力。HKOnline在競爭激烈的網絡大戰裡本來就處於下風，在二〇〇〇年科網股泡沫爆破後結束ＩＳＰ業務，轉型爲網絡內容供應商（ＩＣＰ，Internet content provider），轉載各報紙的內容[7]，只需要把內容從其他網站copy and paste，於是把柯班整個團隊共十八人裁到剩柯班和兩個月薪最低的同事。

雖然獲小白關照，但柯班一點安全感也沒有，天知道小白什麼時候會再裁員，把公司賣掉（然後新買家在三個月內展開大屠殺），甚至直接結束公司業務。

在香港，有一句話在做生意的人之間非常流行：「High Tech揩嘢，Low Tech撈嘢」，指做高科技產品（High Tech）需要高成本投資，因此容易賠錢（揩嘢）。而低科技產品（Low Tech）因投資少，反而容易撈錢（撈嘢）。

柯班在發展急速的網絡行業工作了接近七年，筋疲力盡，看透了這個行業，毫無留戀。既然要賺大錢，爲什麼不找其他較輕鬆的方法？

柯班的ＭＢＡ同學裡有一半以上是女性，其中一個沉默寡言、長相秀氣的叫蘇菲，自稱在一間出入口公司擔任會計部助理經理，但在聊天時談到公司如何經營、拓展業務和面對競爭等的深度，都遠遠超出她那個職位的見識，而是小白跟做生意的朋友才會面對的問題。

他聽說她的公司有網站，就用她的英文名Sophie Kwan去搜尋，找到一家叫「滿東」的公司，發現她騙人。她不是會計部助理經理，而是助理副總經理。職稱是什麼不重要。她是公司創辦人Michael Kwan的女兒，似乎準備接父親的班。

雖然柯班喜歡長相像張曼玉的女性，而蘇菲一點也不像，但她有張曼玉所沒有的家族背景。他開始挑她旁邊的座位坐，合理地和她成爲分組討論的成員，光明正大地拿到她的電郵地址，順理成章交換彼此的工作背景，順水推舟談工作以外的事情、約會，很快成爲一對，反正在班上結緣的男女似乎不只他們兩個。

這個看來非常自然的苦心經營，只有一個意外：她竟然比他年長四歲，外表一點也看不出來。

他不介意，但她介意。

「雖然看不出來，但生理狀況騙不了人。」她說。「我不想做高齡產婦。」

他向她求婚，她沒有心理準備，兩人相識了只有大半年，但她很快答應。兩人在半年後結婚。他在婚禮和喜宴上看到外父（岳父）的人脈相當不俗，最明顯的證據就

7 作者註：內容收費的商業模式要幾年後才出現。

是，小白父子跟外父原來結識了十多年，那天等於參加員工和朋友女兒的婚禮。

蘇菲的人生列車以一貫的高效率奔馳，結婚時已經懷孕十個星期，挺著大肚子不只去上班和上課，還要寫畢業論文。教授打趣說他們是一家三口來上課，柯班和蘇菲都說希望兒子趕得及參加父母的畢業典禮。

外父有三個女兒，沒有兒子。蘇菲的兩個妹妹都有自己的事業，沒有興趣接手家族生意，蘇菲也沒有，只是勉爲其難回去幫忙，不想父親的一生心血付諸流水。

外父叫柯班去他們家的公司擔任管理職務，讓蘇菲可以在家安胎。

這是柯班的如意算盤，但不能表現出來。

「其實我不反對蘇菲生孩子後繼續工作。」

「我反對。女人在家照顧孩子天經地道，難道要交給工人照顧？蘇菲又不是需要靠工作去賺錢。」

這句說話非常眞實也非常豪氣，證明投胎的重要。

柯班自知加入滿東是時間上的問題，裝模作樣了一陣，誘使外父提高給他的條件後，他終於向小白辭職。

「我就知道你一定會去Michael Kwan的公司工作。」小白沒有挽留。「我父親說，Michael一直頭痛找接班人，你非常符合他的要求。」

對，柯班覺得自己有機可乘，所以透過蘇菲去「應徵」關家這職缺。

滿東在歐美有固定客源，幫他們找中國、印度和東南亞的廠商生產牙膏、牙刷、牙線等產品，走薄利多銷路線，因此競爭對手極少，生意非常穩定。

他擔任助理副總經理——也就是蘇菲離職前的職位——不到三個月，就決定花三年淘汰公司用了近二十年的電腦系統，重新設計一個，除了改善工作流程增加效率外，也能合理地架空幾個位高權重的的老臣子，並僱用年輕的新員工，建立自己的勢力。

一個月後，HKOnline宣佈賣盤給競爭對手，對方也一如柯班所料遣散所有員工。剛好滿東的會計部有空缺，柯班就找剛失業的前會計部同事過來。他這個新任助理副總經理需要在不同部門安插自己的人馬，特別是會計部。

柯班做事非常謹慎，不行差踏錯，避免惹上官非，有時去其他國家做生意需要行賄疏通，一定找中間人幫助，避免被查到自己身上。

八年後，外父退休，安心交棒給已經是兩子之父的柯班接手董事總經理的職務。柯班除了經營原本的出入口業務，也另外成立了一間子公司去投資物業。

表面上他是爲公司轉型續命，其實早就有這打算，不然怎會跟樣貌平凡的蘇菲在一起？誰想一輩子做單調重覆、利潤不高的出入口業務？
在香港，只要投資磚頭，從一間變兩間，兩間變四間，一直錢滾錢，才能處於不敗之地。

59

周美詩跟馬克白結婚後，爲免招人話柄，辭去了《熱週刊》的祕書工作，趕在三十歲前生下第一個兒子。

這時馬克白年過四十，也在四十五歲前成爲兩個孩子的父親，並如願成爲《熱週刊》雜誌總編輯。

他不知不覺去到一個開始想當年的年齡、一個覺得新不如舊的年齡、一個會想「如果當年不是做這個選擇，結果會怎樣」的年齡、一個「年輕時稱人家爲前輩到現在被人家稱呼爲前輩」的年齡、一個理解「我這雜誌總編輯講話，底下的同事雖然不同意但不一定會表現出來」的年齡。

他年輕時爆了廣播處長歐陽家富的料，最後令對方辭職，當年被稱爲年度最大新聞，也有行家稱爲十年內最具爆炸性的新聞，但那則新聞在五年後就被公眾遺忘，只剩行家記得；十年後連行家也遺忘，只有《熱週刊》的同事記得；二十年後連《熱週刊》的同事也開始遺忘，只剩他還記得。年輕同事不知道有這件事，是在歐陽家富離世那天，有人在資料庫裡調出檔案，發現原來白老總年輕時做過這麼轟動的大新聞。

他們那個狗仔隊本來遠赴東京追訪的明日之星許天愛，雖然獲很多人看好，但四大天王在九十年代香港樂壇大殺四方，新人難出頭，許天愛在九十年代中後期不獲唱片公司續約，不知發什麼神經轉去拍「藝術電影」，由「少男殺手」變成「中坑」（中年人的貶稱）和「老坑」殺手，其後消聲匿跡，成爲娛樂圈的失蹤人口。

世界不停變化。自冷戰結束後的九十年代初開始，網絡面世，免費報紙面世，臉書面世，YouTube面世，每樣新出現的東西都讓人變得更忙，更覺得時間不夠用。

最大的改變來自智能電話出現，一機在手——後來出現了「手機」的說法——無遠弗屆，讓人把零碎時間塡得密密麻麻，所剩無幾。在手機上不只可以閱讀文字，更可以看感染力比文字強大百倍的影片。願意眞金白銀買報章雜誌的讀者愈來愈少，報紙和雜誌的銷量與高峰期相比大幅下降，因此被稱爲傳統媒體或舊媒體，也是大家心照不宣的過氣媒體。

馬克白年輕時以爲可以安安穩穩做一輩子，每年領至少三個月花紅的的傳媒行業，在他五十歲前變成夕陽行業。

幸好《熱週刊》穩紮穩打，主要收入早就不是來自賣雜誌，而是賣廣告，不會輕易結業，但也不會再有突破發展。他年輕時七年升四次職的機會不會再出現。新入行的同事都不是想來賺大錢，或者尋找只有從事傳媒才能得到的滿足感，而是抱著使命感。

現在《熱週刊》的女員工數量比男員工多。年輕一代自小就接觸網絡，什麼奇怪的東西都見過，粗口對她們不再有殺傷力，她們把粗口當成日常用語，當成輔助詞，不一定用來罵人，也可以用來打招呼和開玩笑。馬克白很不習慣，只能告訴自己，這是時代的進步和開放，沒有人能阻擋。

「傳媒」這個香港說法，也有人稱爲「媒體」，意思一樣，但少了那個「傳播」的「傳」字，馬克白就覺得很有分別。

雖然世界變化很大，但馬克白覺得二十年來最大的變化是由養自己一個人變成養一家四口，肩上的負擔非常沉重，特別是自己年過四十才爲人父，到六十歲時，兩個孩子還在上大學。

「我想再買一層樓收租，讓我退休後仍然有被動收入。」他對美詩說：「但要用妳的名字。」

「爲什麼？」她問。

「政府爲了打擊炒樓，從去年（二〇一六年）年底開始向買入第二個或以上物業的買家徵收樓價15%的印花稅。妳名下沒有物業，用妳名字登記買樓就不用交稅。」

「用我的名字沒有問題，萬一我們離婚的話，你不怕我把屋子搶去嗎？」

「開玩笑，我們怎可能離婚？」

只要做好財政規劃，以他跟美詩的感情，葉存正師傅的兩個預言都不可能實現。

60

柯班的公司擁有三十一個物業，都是四百呎（約十一坪）以上，八百呎以下，雖然租金收入不俗，但每隔數年單位就要做一次裝修，費用相當可觀。遇上麻煩或欠租的租客，蘇菲就會心力交瘁。

如果投資舖位（店面）的話，入場門檻雖比住宅高很多，但裝修事宜由租客負責，租客在歸還時，必須把商舖還原爲出租時的狀態，爲業主節省很多不必要的麻煩。

葉存正師傅沒有預言他出現財政問題，所以柯班放心在這三十一個物業租約期滿後陸續賣掉出售，再向銀行借貸，在銅鑼灣黃金地段買下三個舖位，也很快找到租客，租金總和是三十一個住宅租金總和的好幾倍。

可惜外父幾年前離世了，看不到他成功幫公司轉型。

二〇一九至二〇二二年十月

61

從二〇一九年年初開始，馬克白的人生就像一本不好看的小說，發展出乎意料之外，沒有伏筆，也沒有方向。

一個十九歲的香港青年跟女朋友去台灣旅行時，在旅店房間殺掉她，把屍體裝進行李裡運出旅館，棄屍在公園草叢後獨自返回香港。

雖然凶手和死者都是香港人，但犯案地點並不在香港，香港政府也無法證明凶手在香港時開始策劃殺人，因此並沒有境外犯罪的刑事管轄權。而擁有刑事管轄權的台灣，由於港台兩地之間沒有引渡協議，無法把疑犯從香港引渡回台灣接受審判。

香港政府建議修訂《刑事事宜相互法律協助條例》（香港法例第525章）和《逃犯條例》（香港法例第503章），把疑犯送到香港以外的地區受審，以堵塞司法漏洞，卻引起香港民意強烈反彈，擔心疑犯無法獲公平審判。過百萬市民遊行抗議，反對逃犯條例修訂草案。

事件從二〇一九年第一季燃燒到第四季，次年新冠肺炎成爲世紀大疫症，蔓延全球，世界各國政府都呼籲國民留在家裡，中斷傳播鏈，香港也不例外。

馬克白跟太太對很多事情的看法，包括是否支持政府修訂逃犯條例、示威者應否使用暴力，到疫情開始後，應否佩戴口罩、應否打疫苗，都出現嚴重分歧。

馬克白一直以爲一對男女能成爲夫妻，講究的是共同興趣、性格互補、人生目標、理財觀念、家務分工等現實層面，從沒想過要有相同的政治取向，因此就算在婚前聊過很多話題，唯獨欠缺政治議題，直到這一年才發現彼此的想法南轅北轍。

原來政治取向不一樣，會令夫婦感情變差，連跟對方打招呼也提不起勁。

「妳像變成另一個人似的，不是我當初認識的那個人。」他不禁向她抱怨：「以前妳做什麼都聽我的意見。」

「就是因爲聽過太多，愈來愈發現：爲什麼一切都要聽你的？」她回應。「你年過半百，但我還不到四十歲，我不想下半生繼續和你吵吵鬧鬧。」

他無法說服她改變想法。他們這對相差十五歲的夫婦眞的有代溝。有時他會覺得，他們兩人的分歧本來不大，只是在大時代，分歧被逐一放大，最後去到無法修補的地步。

他那一代人如果事情出問題，會「唔啱講到啱」，也就是尋求解決辦法。她那一代人則認爲出問題的話，就應該盡快結束，不要再浪費時間去解決。究其原因，他來自一個物質並不豐富的香港，習慣大修小補。她則生於一個物質富裕的香港，人生最不缺乏的就是選擇。在不同的成長背景下，兩人培養出不同的價値觀，就像他仍然囤積了大量ＣＤ，而她聽音樂是從盜版開始變成串流，從來沒有付過一毛錢去購買音樂，就算她現在看小說，也是找盜版來看，這是他最無法認同她的地方。

「妳不但沒有支持自己的文化，反而在摧毀自己的文化。」

「免費資源就要好好利用，你是在情緒勒索。」

她對他的厭惡，像病毒一樣傳染給了他，連他也覺得跟一個不愛自己的人就算住在一起，也無法構成一個圓滿的家。

她不會再出來工作，也沒有能力出來工作，更無法供樓（還房貸）。他可以用財政去控制她，但錢無法買到親情，頂多只能買到在大時大節陪你的喪屍，只有軀體沒有靈魂。

離婚並不是災難，他希望可以成熟地處理，不希望前妻變成仇家。

「那層樓的樓契上是妳的名字，就是妳的。雖然妳是『掛名業主』，但我會幫妳供下去，生活費一樣不變。」

「你應付不應付得來？」她居然會問他。

「盡我的能力，如果我被炒掉失業，或者找不到相同收入的工作，妳就要找工作，或者另外找個人嫁掉。」

她沒有笑出來，不像以前那樣。

他沒有期待她笑，但她起碼沒有爲他掉淚，一滴也沒有，他已經很滿意。

「如果你不幫我供下去，是不是等於我欠銀行錢？」

「對，但我沒錢把貸款一口氣還清。」

他不知道葉存正師傅的第二個預言算不算成眞，這次離婚雖然沒有害他破產，但花了他很多很多錢，不只每個月還要拿出一半收入給前妻和兩個孩子，等於他能存下來的錢少得可憐，退休後還沒有被動收入。

不過，沒關係，錢財身外物，他只希望第三個預言不要成眞，但美詩爲他掉淚的原因是什麼？他是不是會面對更大的麻煩？

柯班那人明明是混蛋，而自己是幫他擦屁股的好人，爲什麼兩人的命運會對調？爲什麼好人沒有好報？

62

疫情期間，柯班的滿東公司先面對工廠無限期停工，白白浪費了訂金，等到滿東花了巨大力氣，找到在東歐和南美的工廠，做出產品送往目的地的途中，多個客戶卻因為周轉不靈而突然結業。

滿東沒有貨倉，那堆貨也找不到買家，成為數量龐大的「死貨」，不得不付大錢找人去貨櫃碼頭處理，再賤價賣出，損失慘重，幾乎連員工薪水也付不起。

最後，他不得不把其中一個商舖連租約一起出售套現，即使售價遠低於買入價，但他要的是現金，最後成功挽救了公司。

很多做生意的人在疫情期間都面對同樣問題，他的很多行家都同病相憐，大家都在苦思不同方法挺過難關。

他其他兩個出租的店舖，一間經營藥房，一間經營餐廳，都有上下層，兩間的租客都在香港封關後不久就果斷決定毀約結業。

商戶面對的難題，也是業主的難題。

那兩個舖位再也租不出去，但每個月都要繼續還錢給銀行。

「為什麼我們不自己用那兩個商舖做生意賣日本零食？」蘇菲喜歡吃零食，是零食專家。「香港人喜歡日本，但現在無法去日本，而且日圓匯率也很低，就算我們的售價是日本的兩倍，也不愁沒有生意。」

柯班聯絡日本朋友，找上零食供應商，打人情牌說服對方跟自己合作。三個月後，他的零食店開張，由於在臉書下了廣告，也找雜誌（包括《熱週刊》）報導，第一天開門前就有幾十人在門外排隊，幸好這時疫情開始放緩，警方也沒去管。

香港人太愛日本了，戲稱日本為「家鄉」，所以每天零食店的客人絡繹不絕，日本供應商也不斷更換不同的零食，令客人不會生厭。

要不是蘇菲提醒，柯班不會想到零食店這個解決辦法，公司最後也挺過開業三十年以來最大的難關。

葉存正的預言怎可能實現？柯班想不到誰會出賣他？自己怎會坐牢？

下半部／現在

木已成舟，覆水難收

"What's done is done."

——莎士比亞《馬克白》

二〇二三年三月上旬

63

時鐘酒店人生　見盡人間色相

在九龍塘屹立超過半世紀的老牌時鐘酒店四季別墅剛於上月結業，四季曾在超過十部港產片中出現，可說是時鐘酒店業界的明星。

根叔和根嬸分別在四季擔任管理員和執房（房務員），兩人也在此結緣。根叔在十年前因病離世，年過七十的根嬸在四季工作至今超過三十載。四季結業後，她也跟著退休。

根嬸不喜交際應酬，當年看到四季的招聘廣告，覺得只需要收拾和打掃的工作非常適合自己，就去應徵。在這個外人覺得苦悶刻板的工作裡見盡人生百態，從來沒有想過轉行。

「有次一個司機開車送少奶來，我們以爲少奶來約情夫，沒想到司機自己上去房間，第二天兩人若無其事一起離開。這種情況並不罕見。」

在時鐘酒店裡，階級觀念和外面的相差很遠。四季附近就是九龍城市大學，很自然也有大學生跟老師一起光臨。

「別以爲一定是女學生跟男老師，也有男學生跟女老師，最誇張那次一女四男，男的離開時全部腳軟。雖然規定不能超過兩個人入房，但附近的大學生是我們的主要客源，做生意要以客爲尊。根叔和我都很靈活，老闆也不常來巡，就算知道也當不知道。」

根嬸談到這些事時，像白頭宮女話當年，臉上露出爽朗的漂亮笑容，讓人不禁好奇她年輕時的模樣。

「我年輕時也是靚女，不過，我天生長短腳，這樣就給外表打了折扣，由一百分跌到六十分。有些男人看到我就雙眼發光，看到我走路後就打消念頭。我不喜歡被人指指點點，就來這裡工作。不過，有些男客人還會撩我，問我要不要賺外快。」

她在時鐘酒店見盡光怪陸離，也理想當然地，包括死亡。

「屍體當然見過，見得多啦！我們做執房的要執死過人的房間才算過試用期。其實時鐘酒店每隔幾個月就會有人在床上出事，男女都有，當然男多女少，但不是每次都會死去，有時只是暈倒。如果死掉，男人叫『馬上風』，女人叫『胯下風』，大概八比二。不一定要老年人，中年人也會出事。這種事情，冬天最多。有時也不一定是死在床上，有客人是在別墅門口和梯間暈倒。」

「最大的一件事，我現在退休了才說，反正這事是在上手老闆時發生，在一九九九年。」根嬸回憶道：「那天晚上有個客人付錢給我們說要做大清潔，也就是把房間裡所有可以洗的東西都洗掉，不能洗的就丟掉。那客人非常謹慎，垃圾桶裡沒有東西留下，連床單和毛巾也拿走。」

「因爲染過血嗎？」

「不是，房間裡一滴血也沒有。我們以前有客人在房裡殉情，是對偷情的男女，割脈。床上一大灘血，地氈又一大灘血。那些血滲到床單和枕頭上，很難洗乾淨，結果床單、床褥、枕頭和地氈等全都要丟掉。那天時鐘酒店一整天的收入都不夠賠。

「我們做大清潔，一向不問原因，多一事不如少一事。一個星期後——或者一個月後，我忘了——警方在虎門山找到一具腐爛的女屍，經過調查後發現，死者是個中學生，而她就是在我做大清潔那晚開始失蹤。

「我不知道那個中學生怎會死掉，不知道和她開房的是什麼人，不敢報警，說不定對方有黑社會背景。

「根叔的想法和我一樣。你在明，人在暗。萬一對方找上門滅口我們不就必死無疑。我是過了二十多年才敢說。當事人說不定已經移民，或者死了。」

64

每個傳媒工作者都會閱讀競爭對手的出版物，除了看內容，也會看版面設計、專欄的增刪、下廣告的客戶、封面故事的報導立場等，研究各種細微的變化，所以每期《八方週刊》到手後，馬克白在當晚就會讀完。

現任《八方週刊》總編輯李天翼就是當年和馬克白吵架後出走的翼仔。他跳槽後，雖然很快成名，但跟馬克白一樣，升上某個職位後，發現報導需要謹慎，行事不能莽撞，報導也不能自由發揮，做人處事變得愈來愈穩重。

馬克白後來在不同場合都見過他，包括在雜誌工會的會議和週年晚宴上。馬克白不會稱呼他為翼仔而是翼哥，對方也不再稱呼他為白哥，而是馬總編，非常客氣，外人無法想像他們年輕時會吵架到拍桌子不歡而散。

馬克白在《八方週刊》讀到根嬸的訪問，是他這輩子讀到最震撼的訪問。這件事情除了柯班和自己以外，原來還有第三者知道，也多年來念念不忘。

馬克白覺得年輕時的自己去幫柯班忙完全是著魔，是瘋了，沒有想過後果。

麻煩是柯班自己找出來的，應該自己解決。

不，那時香港的氣氛和現在不一樣，當時的香港人有很多天馬行空的想法，沒有什麼事情不敢做，大家好像不怕死似的。

換了在今天，他一定不會答應。

他經常夢見開車運載一具腐爛的屍體，到郊外卸下後發現車上還有另一具，不管卸下多少次，流過多少汗水和淚水，車上永遠有具屍體，最後也被巡邏的警察發現。

這噩夢纏擾了他超過二十年，每隔幾個月就會出現一次，像一部不斷重播的電影，每次他都會驚醒，最近一次是在半年內。

馬克白覺得這是上天給他的預言。

他當年是因爲葉存正沒有預言他會坐牢，所以無後顧之憂出手幫柯班，現在回想起來，他很有可能就是因爲坐牢，所以前妻爲他掉淚，或者，因爲他沒有辦法還清貸款而哭。

方淑惠的案件，當年警方沒有調查下去，是因爲沒有頭緒，要花費難以估算的時間跟資源，但現在根嬸在週刊爆料就是另一回事，說不定能提供調查方向。

如果警方能解決這宗懸案，肯定能大大提高聲望。

馬克白要聯絡柯班，提醒他要提防，希望他不會連累自己。

不，他不能跟柯班聯絡，說不定警方就在網絡上監察他們的對話。

65

「根叔的想法和我一樣。你在明，人在暗。萬一對方找上門滅口我們不就必死無疑。我是過了二十多年才敢說。當事人說不定已經移民，或者死了。」

「妳才死了。」柯班瀏覽臉書時滑到那則新聞，忍不住罵出聲音來。

柯班無法忘記那件事。

多年來，他不只沒有再去九龍塘的時鐘酒店，就連九龍塘的商場又一城，他也盡量不去，就算有必要前往出席飲宴，也不會離開又一城和九龍塘站。

那天馬克白想得周密，沒有證據留下，事件結束半年後，柯班才放下心頭大石，高枕無憂了二十多年，以爲打破了葉存正師傅的預言，沒想到預言原來如冤魂不散。

那個根嬸……當年他沒有注意到她的存在，也許見過，但在時鐘酒店裡，女人的存在只有一個功能。沒有那個功能的，不會被當成女性看待。

他和馬克白上一次聯絡是在差不多二十多年前，沒有證據留下來，現在聯絡馬克白就不一樣了，等於自製證據給警方。

他不能跟馬克白見面，也不能留下網絡足跡。

他用匿名的電郵地址，發信給馬克白，跟對方在網絡上的聊天室匿名討論。

66

「我怎知道你就是你自稱的那個人？」對方問柯班。

「除了你以外，只有我才知道一九九三年在升降機裡和一九九九年在九龍塘發生的事，跟這兩件事的關係」

「還有誰知道你找過那女孩？」

「應該沒有」

「你怎樣認識她的？」

「透過經理人，不過聽說他幾年前就死了。」柯班沒想到對方反客爲主接連問自己問題。「那事情相隔差不多二十年，那天凌晨我去的茶餐廳也早就摺（結業）了」

「這麻煩是你惹出來的，如果警方查到你，你就要自己攬上身，不要連累我。」

「這不就違反你經常掛在口邊的報導眞相嗎？」

「我當日幫你，你現在居然恩將仇報？如果不是我出手，你早就去做了監躉（囚犯的貶稱）」

「多謝當日你決定進入升降機。聽葉存正的預言改變了我們的命運。如果不是他，說不定我還在《熱週刊》工作，現在坐你的位置」

「你忘記了你見到屍體就嘔嗎？你連試用期也過不到。你如果沒有離開，怎會娶到太子女做上等人？我看到你那間零食店的訪問。你這個忘恩負義的賤人從來沒有多謝我」

「放心，我一定會報答你，我一定會向警方說你很有義氣幫我，不會忘記給你credit」

「這是你搞出來的麻煩，你自己要好好處理。不要連累我」

「你這麼擔驚受怕，有沒有門路可以找人去解決根嬏？」

「我是做雜誌，不是做黑社會」

「做雜誌不是什麼人都認識一些嗎？其實你有什麼好怕？算命佬沒說你會踎監（坐牢）」

「沒說不代表不會發生，難道你不擔心嗎？」

「過去二十年，我吃盡天下美食，玩遍天下美女。你有沒有享受過？或者把《熱週刊》的工作當是你人生的全部？」

對方離線。

柯班看著剛才的對話一行行自動消失，彷彿從來沒有出現過。

雖然不歡而散，但知道對方小心謹慎，也算是好消息。

67

馬克白看著一行行字消失，無限感慨。

人的成長難以預料，翼仔變得愈來愈謹言慎行，柯班卻變得愈來愈囂張，到底是他被環境改變，或是顯露眞正的本性？

不管怎樣，馬克白無意和現在的柯老闆糾纏下去。

除了柯班，馬克白還有另一個人可以談論這件事。

周sir是他擔任前線記者時就認識，給過不少方便，反過來，他也提供不少情報給周sir，發揮「警民合作」的精神。

現在周sir是刑事總督察，應該快退休，或者已退休但「翻閘」（退休後以合約形式獲聘），有時會上電視新聞接受訪問，接手的都是會令人食不下嚥的殘暴凶案，像碎屍、燒屍，或者去堆填區找屍體殘肢。

周sir有玩Facebook，頭像是一個Iron Man模型，名字是Ironman Chow，沒有透露個人資料，非常神祕。如果不是周sir加他，跟他說「我是周泰龍周sir」，他不會知道對方是何方神聖。

他跟周sir上一次見面是一九九七年換旗前，但一直保持聯絡，和一個總督察有交情，對自己百利而無一害。

「周sir有沒有留意四季別墅根孀爆料那件事？」馬克白發訊息問他。

「警隊裡很多人都在討論，你有料要報給我嗎？」

「沒有，相反想向你索料，我們《熱週刊》想做專題報導」

「見面說」

68

很多人以爲警察約見面的地方都會別出心裁，像天台、圖書館或博物館，周sir沒有這麼多創意，約在馬克白住處附近一條橫街接他上私家車。

雖然馬克白和周sir幾十年沒見面，但周sir頻頻上電視，所以見到他時並沒有特別慨嘆他比年輕時掉了很多頭髮。

同樣，周sir也會透過馬克白的Facebook知道他比以前重了至少十公斤。周sir沒有伸出手來，馬克白也沒有，這也許是警察的習慣，兩人只交換了眼神和笑容。

「去什麼地方？」馬克白在副駕駛座坐下後問。

「沒地方去，就是在附近繞圈。」周sir的視線堅盯前方，就像巡邏一樣。「很多市民都認得我的樣貌，去什麼地方都不方便。」

「就是約朋友吃飯也以爲你和線人見面嗎？」

「基於保密理由，我們警察的社交圈非常狹窄，朋友往往就是其他警察。根嬸那案件你手上有什麼情報？」

「沒有新的情報，跟當年一樣。這在當年算是不大不小的新聞，警方發現死者是中學生後，我們雜誌做過一期報導，但沒有引來廣泛迴響，市民也沒有興趣。警方當年爲什麼沒有跟進？」

「沒有資源，而且，大家更關心過年，由一九九九進入兩千年，轉字頭，你說多大件事。」

「我明白。在外國，很多疑案都利用先進的基因技術找出凶手的身份，這次有沒有可能用同樣方式破案？」

這是馬克白最想問的問題，他不會告訴周sir說在現場的自己並不是凶手，也不想被當成凶手。

「不可能，當時警方在現場找到的屍體非常腐爛，雖然我沒親眼見到，但估計和當年我們見到的金永明差不多，能找出死者身份已很幸運，你們不是寫出來了嗎？」

「周sir，九十年代的傳媒生態跟現在很不一樣。就算是這種案件，那時我們做的調查報導其實有老作（吹牛）成份，半眞半假，反正死無對證，到現在連我也不知道報導裡哪些段落是眞哪些是假。」

「眞是報應，做雜誌做到你們那樣眞是失敗，難怪現在沒人買。」周sir忍不住笑出來。

馬克白陪著笑，笑周sir的天眞。剛才他是騙人的。一九九六年時事版大地震，高佬等人辭職後，大老闆要求所有可能惹上官非的報導必須內容眞確，其他的就能自由創作。《熱週刊》要服務的是讀者而不是受訪者，不必考慮後者的感受和尊嚴。

周sir又說：「事隔二十年，能用科學鑑證找到眞相，是奇蹟，而不是必然。我甚至懷疑根嬸只是吹水搏見報（胡說八道希望上媒體）。她說當年怕被人找麻煩，根本不成立。如果她報警，警方找到凶徒，她反而不必擔心。現在她言下之意是批評警方無能。如果她不是七老八十聞到棺材香，警方一定不會放過她。」

聽到周sir說得義憤塡膺，馬克白就放心了。

不料周sir又說：「我聽伙記說，這案件現在由『獨眼神探』戚守仁接手，但無法證實。你記得他是誰嗎？」

如果戚守仁參與調查……馬克白注意車外，但覺得自己什麼也看不到。

「我以爲戚sir退休了，沒聽過他的消息很多年了。」

「他還有幾年才退休咬長糧（長俸，即每月領取一定比例的收入），目前專門調查疑案，這幾年很多警方查到的疑案其實都是他找出來的，非常不簡單。」

馬克白覺得如果「獨眼神探」戚守仁的調查能力一如他的膽識，自己就遇到大麻煩。

69

「戚sir你好，很久沒有接到你的電話了。」

「李總編你好，又要麻煩你了，我讀到最新一期《八方週刊》訪問四季別墅前員工根嬸的報導，想聯絡那位記者。」

「曉敏正在等你們警方聯絡，但我沒想到是戚sir你接手，以爲你退休了。」

「手上還有很多事情在忙，沒這麼快。」

戚守仁雖然一直留在警隊裡，不過在「香港特別行政區政府及有關機構電話簿」的網站裡隱形。這是他向上級提出的特別要求。

戚守仁不喜歡高調，他從前線退下來，不想被外人知道他的去向。「外人」指警隊以外的人。

戚守仁在九十年代初的警匪槍戰裡，爲了拯救同袍和市民的性命，不顧槍林彈雨衝出去和悍匪駁火，被子彈射爆左眼。

他的無私精神和英勇事蹟被拍成電影，大名在當年家傳戶曉，也吸引很多年輕人投考警隊。那些熱血的年輕新血讓香港警隊成爲亞洲第一警隊。

身爲目前警隊裡唯一有個人事跡被拍成電影的現役警察，他最討厭的就是知名度，不喜歡被市民認出，不喜歡去茶餐廳吃早餐時被老闆認出然後把他愛吃的早餐改名爲「神探早餐」，不喜歡去書店或圖書館買書借書會被知道他在讀什麼而開出「神探書單」，不喜歡搭地鐵被市民認出，被誤以爲他在辦案或者進行跟蹤而避得老遠。

幸好在九十年代初他被逼最出名的時候電話還沒有攝影功能，否則說不定他會被路人不斷糾纏，或不斷被偷拍。

年輕時他憤世嫉俗，中槍後又有幾年適應不良，讓他經常滿腹怒氣，花了很長時間去調整心理。

人到中年後，他明白命運這回事，往往並不是由一個人決定，開始接受自己不平凡的人生。

他很高興去過的茶餐廳因爲賣「神探早餐」，所以不像附近的餐廳般被爆竊。「神探書單」三十年來幫很多獨立書店賣出大量冷門的書。現在就算搭地鐵，低頭族都不會留意他。其實，如果只有一、兩個地鐵站的距離，他寧願走路過去，讓兩腿更強健。

除非是奇案迷，否則大部份市民都認不出他來，年輕一代甚至不認識他。《獨眼神探》只是一部話題電影，沒什麼了不起，早就被時代淘汰，被影迷遺忘。現在要看那部電影，反而不知道可以在哪個串流平台找到。

他不會公告天下說自己其實珍藏了一張畫質很差的ＶＣＤ（那部大爛片從沒出過ＤＶＤ），不是留念，而是想知道自己的親身經歷被搬上銀幕，到底做了多少改動。很多，非常多。

電影公司虛構了他的家庭背景，把他的感情生活複雜化，誇大了他中槍的英勇事蹟，看過電影的觀衆會以爲那部電影才是眞實。

他的上司和同事卻很喜歡那部電影，讚揚導演忠實拍出警察工作的危險性，讓市民能更瞭解警察。

大家的觀賞角度不同，戚守仁沒有跟他們爭辯，也沒有接受和那部電影相關的訪問。那部電影沒付他錢，沒徵求他同意，邀請他參加首映他也沒去。

他希望和那部電影完全切割。

他中槍後，沒有能力執行前線任務，只好轉爲研究懸案，成爲警隊裡非常獨特的存在。

他行事特立獨行，連他自己也愈來愈認爲自己不像是警察，而是有能力利用警隊資源查案的私家偵探。

他本來手上有其他案件要調查，但根嬸的訪問一出來，他馬上改變調查次序。不是因爲方淑惠的案件特別重要，而是根嬸行年過七十。人上了年紀就隨時有不可預測的事情發生，也會把她所知的一切帶走。

當年重案組接手這案件時困難重重。現場找不到任何證物，死者的臉爛掉，沒有一隻手指的指紋完整。重案組只好從失蹤人士口名單裡去找，發現近來有個失蹤的中學生，身高跟死者接近叫方淑惠，把死者跟方淑惠母親和姐姐基因對比後確認身份。

雖然人不可貌相，但戚守仁受的訓練就是以貌取人，從蛛絲馬跡找出可疑之處。方淑惠有張與年齡不符，遺傳自母親的早熟明星臉，略爲打扮就可以去拍廣告，但她沒有，所以最近半年來，每個月都有來歷不明，是上班族平均月薪至少三倍的錢存進銀行，一定不可能是透過正常途徑得來。

唯一可能就是去做援交。

由於線索太少，這種援交妹的死以有限警力，不值得調查下去，重案組很快就放棄。戚守仁自願接手，盤問了方淑惠的同學，知道她在學校裡是臭名遠播的壞學生，幾乎同班同學都知道她在做援交，但沒有聲張通報校方（老師也許知道，但裝作不知道，因爲知道就要處理），反正出來做的又不只她一個。她甚至有流動電話（那時沒有手機的說法），那時的中學生怎負擔得起昂貴的電話月費？

死者姐姐叫方淑德，二十歲，同樣遺傳了母親的優良基因，有張明星臉，無業，但一身名牌打扮。戚守仁本以爲是她帶死者入行做援交和幫她開流動電話，盤問之下，發現原來主腦是她們的母親。這個四十出頭的女人滿嘴謊言，說靠在泰國工作的丈夫匯錢回來過活，兩人在泰國結婚所以在香港沒有紀錄，但其實她沒有結過婚，兩個女兒都有不同父親。她自稱一直是家庭主婦，但其實年輕時是舞小姐，目前是夜總會的媽媽生，知道援交更賺錢，就介紹一個叫蕭自勇的男人給女兒認識。她口中來自丈夫的家用，其實是女兒的皮肉錢。

警隊的資料庫裡有姓蕭的檔案。那傢伙四十五歲，表面上是長袖善舞的商人，其實身兼高級扯皮條，專門提供高級應召女郎給中小企業老闆和專業人士。城中這種雞頭很多，客戶更多，涉及千絲萬縷的人際關係，查下去容易扯出大麻煩。所以，如果沒有人報警，也沒有人鬧事或出意外，警方會隻眼開隻眼閉。

戚守仁找了一隊重案組探員陪他上去蕭自勇的辦公室，把這人押回警署，同時通知記者全程追蹤報導，要這個找中學生做援交妹的人渣身敗名裂。

「我不知道她未成年。」蕭自勇在盤問時自辯：「她老母說是多少歲我就信是多少。她們是混血兒，很早熟，你看她們生活照怎像是未成年？說是二十歲我也信。」

這點戚守仁無法否認，但無法成爲「依靠他人賣淫的收入維生」脫罪的藉口。這傢伙利用中學生賣淫賺錢，一定要釘死他，要他在監獄裡坐夠十年，也就是根據《刑事罪行條例》（香港法例第200章）第一百三十七條指的最高刑罰。

「出事那天她幾點找你？」戚守仁盤問。

「不關我事。那天晚上我正好坐夜機去美國探望兒子，你可以查海關的出入紀錄。」

「你太太幫你處理扯皮條的事嗎？」戚守仁不客氣問。

「那方面的業務她並不知道，都由我自己處理。」

「你的電話簿在哪？」警方在他的家和辦公室都找不到，很有可能已被他毀滅。

「沒有電話簿，我都記在腦袋裡。」

「寫出來！」

「如果你找我的客戶麻煩，我出獄後一定被人尋仇，橫屍街頭。」

「你敢勒索警方？」戚守仁不願意妥協，恨不得送這人去死。「你當警署這裡是兒童樂園嗎？」

「不敢，我只是求情，我願意認罪，不上訴，只是想留下一條賤命。」

戚守仁不會跟這個人渣妥協，談判了大半天，蕭自勇分期供出找過他的客戶名單，總共四十六人，有三成是公眾人物。

即使嫖客不知道妓女未成年，也無法免罪，不過，高層指示戚守仁要低調處理，否則處理不當，有名人因此畏罪自殺，就會引發輿論大風暴，後果不堪設想。

「你沒必要爲了殺死一隻雞仔，而撲殺農場裡所有家禽。」上司打比喻。

「這不就是對付Ｈ５Ｎ１禽流感的做法嗎？而且是香港帶頭做的。」戚守仁回應。

「香港人的性命很矜貴，不要拿雞來做比較。」

70

接下來戚守仁要做一件很花時間和吃力不討好的事，就是逐一聯絡那四十六人。那是香港人夜夜笙歌的美好年代，不夜城裡提供大量新奇的玩意去賺男人的錢。大家不是沒錢去玩，而是怕沒時間和體力去玩，結果在那個星期五夜晚，有四個人和同事加班，其他四十二個人都去玩，全部都有人證。

戚守仁懷疑蕭自勇可能有一份隱藏名單沒有告訴警方，又或者方淑惠不只依靠蕭自勇一個扯皮條，甚至利用新興的網絡開拓客源，像新聞組、ＩＲＣ、ＩＣＱ、交友網站等警方鞭長莫及的地方。

「戚sir，現在你明白我放棄的理由了吧！」曾經接手的重案組總督察劉sir在電話上跟他說。「這些嚫妹自以爲能賺很多錢就很了不起，不聽父母話——」

「這次是死者老母介紹她入行。」

「對，我一時忘了，總之，我們找到她出來給家人『人要見人，死要見屍』已經功德圓滿。如果你有時間的話，可以上《警訊》[8]講幾句，叫那些嚫妹潔身自愛。獨眼神探上節目一定非常轟動。」

劉sir一定知道他不喜歡被稱爲「獨眼」神探，但口快快講了出來，警隊裡所有人私下都是這樣稱呼他。他更討厭拋頭露面，打死也不答應上《警訊》。

調查了大半年，橫跨二十世紀和二十一世紀（他忙到二〇〇一年），最後戚守仁得出的結論是：他永遠無法找出眞相。

很多人以為神探每案必破，那跟以為足球的「鋼門」守門員永遠不失一球一樣是錯誤的想法。「鋼門」和神探都會失手，只是失手的機會低於常人。

71

戚守仁以為這案永遠無法找出眞相，畢竟，連當年流行一時的ＩＲＣ和ＩＣＱ都成爲歷史，年輕一代根本沒聽過。

不料二十多年後，戚守仁讀到根嬸的訪問，覺得有轉機，把塵封的檔案拿出來重新研究。

8 《警訊》：由香港電台電視部與香港警務處警察公共關係科合製的電視節目，宣揚撲滅罪行訊息，披露犯案手法及趨勢，以及呼籲觀眾提供案件消息等，已停播。

那個客戶名單裡，有三成人本來就是公眾人物，其他人後來有些也成為公眾人物。當年四十多五十歲的，都相繼步入老年，甚至離開人世。

蕭自勇被判監十年，認罪扣減三分之一的刑期，入獄後多次被同倉的囚犯暴打，不得不調往單人倉。期間和太太離婚，因在獄中行為良好，五年多後出獄。做過很多散工謀生後，又回到扯皮條這個老本行，打人生路不熟的新移民女性主意，但這種大茶飯（做大事賺大錢）是黑社會的重要收入來源，不容他這種沒有後台的人插手。蕭自勇八年前被發現在後巷遇襲斃命，警方沒有發現可疑人物。

戚守仁不會同情蕭自勇這種人渣。條路自己揀，仆街唔好嗊（路是自己選的，仆街不要哭）。

72

「戚Sir，我是《八方週刊》的記者林曉敏。」

戚守仁在晚上接到電話。

以前他很討厭名氣，但名氣帶給他無法用錢買到的好處：很多人會給他面子、覺得他像福爾摩斯那種神探只要看你一眼就可以說出你整個人生故事、誇大他的本領

（那部胡說八道的電影應記一功），所以願意幫他忙。

他成名是在二十多年前，愈年輕的人就愈沒聽過他的名字，不過，記者看過他的維基條目後，無一不願意合作。

「妳是怎樣找到根嬸的？」

「不是我找她，我沒那麼神通廣大，是她主動聯絡我。」

「幫我問她可不可以接受我訪問。」

他不用向她說明自己打了疫苗，所有警務人員都打了，就算他這麼特立獨行的也不例外。

73

戚守仁跟著林曉敏前往公共屋邨愛民邨探訪獨居的根嬸。他從不高估自己的名氣，雖然維基百科說他在香港家傳戶曉，但現實裡有很多人忘了他，或者不認識他。

很多獨居老人因爲體力不佳，難以清理家居，所以雜物不少，但根嬸這個只有約三百五十呎（約十坪）的小單位裡沒有雜物，一切井井有條，不愧曾經在時鐘酒店做過打掃。

根嬸不良於行，眼神很飄忽。

「戚sir，我讀書不多，沒聽過『獨眼神探』的大名。」

林曉敏露出尷尬的笑容，但戚守仁無所謂，寧願人家對他直言不諱，也不要口是心非。他聽過的吹捧話太多了，真的全部相信的話，他可以加入DC宇宙，叫超人和蝙蝠俠做自己的手下。

很多事情根嬸都忘了。「能說的，我都在週刊訪問上說了，沒有補充。」

戚守仁懂的，這種事情他見得多了，很有經驗，和根嬸聊了十五分鐘後就道別。

他和林曉敏在樓下分道揚鑣，獨自去愛民邨的茶餐廳吃了頓味道不錯的美式熱狗和火腿公仔麵，喝了杯熱華田後，回去找根嬸。

「戚sir，你怎麼又過來？」

根嬸打開門讓他進去，證明他的推測沒錯。

戚守仁等她關上門，低聲問：「妳有沒有什麼重要情報只能告訴我一個人？」

「你可以保守祕密嗎？」根嬸不只講話的語氣變得很不一樣，眼神也不一樣，不像剛才般飄忽。

「當然，所有談話絕對保密。」戚守仁幾乎想跟她勾手指。

根嬸叫他一起坐在沙發上。

「那天根叔告訴我要準備大清潔，我就知道出了人命。時鐘酒店做這種事習以爲常，叫救護車過來，或者直接叫黑箱車過來處理。救護車會在十分鐘內抵達，黑箱車三十分鐘，但那天不見救護車或黑箱車，而是一架白色私家車，下車的只有司機一個人。他戴帽、黑色眼鏡和口罩，把整張臉遮掉，下車後進去房間，十分鐘後抱一個用毛巾包裹得像木乃伊的女人離開。我看不到她的臉。根叔幫他打開私家車的車門讓兩人進去。」

根嬸一口氣說完，有條不紊，不奇怪，這段話她應該準備了二十多年。

難怪戚守仁調查的所有人都有牢不可破的不在場證據，因爲屍體不是他們處理。

根嬸用力站起來，戚守仁想扶她走，但她拒絕。她踱到客廳的組合櫃前，打開玻璃門，小心翼翼取出兩個平平無奇的白色玻璃杯，杯底下有個小木碟承托，小木碟跟杯子顯然並不是同一套。

根嬸續說：「那晚做大清潔應該把杯子抹乾淨，但我不是優秀和聽話的員工，把它們保留下來。我只碰過杯底和杯沿，杯身和杯柄沒碰過，說不定保留了兩人的指紋。」

戚守仁感到身上像有一陣電流經過。那兩個杯子就像聖杯般神聖。

「妳很小心。」

「我看過你那部電影《獨眼神探》的老翻ＶＣＤ，希望你不要介意。」

「那部電影完全虛構，與我無關。」

「我不知道，但起碼學到什麼是指紋。這兩個杯你拿去吧，希望隔了這麼久，還能找到指紋。」

「指紋的保存時間視乎物料，在玻璃上的可以保存很久，我反而不知道妳怎會保存這兩個杯這麼久？」

「我的想法很簡單，那晚一定犯了很嚴重的事，說不定是傷天害理之事。我很想公開，但怕連累根叔和我一起被滅口，就把這兩個杯子帶回家藏起，沒讓根叔知道，不然他又會罵我多事。他早就入土為安，我也『嗰頭近了』（離死不遠），把杯子交給你處理，我可以放心。」

戚守仁常覺得「仗義每多屠狗輩」，很多案件都是靠根嬸這種無名英雄或英雌通風報信而破案，但為了保護他們所以不會公佈。

「根嬸身體不好嗎？」

根嬸走回沙發，坐下時幾乎是跌下去，嚇得戚守仁心跳突然加速。

「沒事，只是年紀大了，所以希望頭腦還清醒時做該做的事。我告訴你，根叔人很好，也很照顧我，但見錢眼開這點，我真的很不欣賞，人不能爲錢而埋沒良心。」

74

戚守仁把玻璃杯交給鑑證科，但沒有找到指紋。

「不是說指紋在玻璃上可以保留很久嗎？」

「戚sir，這視乎怎樣保留，更不能排除指紋在事主不知情下被惡意抹掉。」鑑證科伙記說。

戚守仁覺得有可能。聽根嬸說，根叔知道她做執房，除了喜歡整理東西以外，也有執著和撥亂反正的「職業病」，所以從來不讓她有機會惹上麻煩，就算他死後也不例外。

其實就算找到指紋，也不代表案件可以快速解決。

單憑根嬸一面之詞，對方的辯護律師一定會攻擊指紋這個唯一證據，辯稱他的客戶雖然曾經跟死者去開房，但並不是最後一個跟她開房的人，又或者指出那個杯子無法證明是從死者入住的房間拿出來。

戚守仁自己就想出兩個理由，辯護律師一定會找到更多。

在疑點利益歸於被告下，只要有一點存疑，陪審團就難以裁定被告有罪。

「我們需要更多證據。」戚守仁再去拜訪根孀。

「沒有了，我沒有其他證據。」

「妳有看到那架白色私家車的車牌號碼嗎？」

「有，但只記得是兩個英文字母，後面四個數字。我寫在一張四季的名片上，但早就不見了，」根孀答。「我找了很多年也找不到。」

戚守仁不會責怪她，更不會指責她為什麼當年不報警，她不報自然有自己的人身安全考慮。特地來處理屍體的人，當然不是善男信女。

「妳願意接受催眠嗎？」

戚守仁之所以被同僚稱為神探，在前半生是因為英勇過人，在他遠離前線後，是因為用上很多不尋常的方式去破案。

75

一九九二至九三年期間，「屯門色魔」林國偉在屯門及土瓜灣一帶肆虐，強暴了十三個婦女，其中三人斃命。

當時閉路電視並不普及，警方表面裝作束手無策，但暗地裡派女警做「香餌」引色魔上釣，並發現接載首名受害者的計程車司機記得有一輛私家車尾隨，於是找上政府催眠師協助。司機在催眠下能描述出該白色車是日本車，並說出車牌中的數個號碼及車款型號，事後證明準確無誤。

當年的政府催眠師早就退休，不過，戚守仁另有人選。

郭少剛博士是在中環執業的催眠專家，客戶是專業人士和老闆級人物，警方找他提供專業服務的幾千塊錢車馬費，連他跟朋友去吃午餐的費用也不夠，所以他指派準備繼承自己衣缽的女兒去應付，順便汲收經驗和增加人脈。老爸當然會有人脈傳給她，但那些人脈早晚會成爲過去，她需要建立自己的人脈面向未來。

警方叫不動郭少剛，但戚守仁跟他有二十多年交情，以朋友身份找上門徵詢意見，郭少剛就無法推卻。

這餐是戚守仁自掏腰包在中環一間米芝蓮（米其林）日本料理請客，不是omakase，而是懷石料理，人均消費遠遠高過政府提供的車馬費。

餐廳裡所有人都認得郭少剛，「所有人」指侍應和食客。戚守仁看到他們跟他打招呼時大感不妙，很怕自己被發現，但大家的焦點都集中在郭少剛身上，如果戚守仁是美女，情況就可能反過來。

戚守仁和郭少剛被安排坐在掛了布簾的卡座裡，就算有人經過，也只能看到他們的腿，和他們放在卡座外的黑色皮鞋。

「戚sir，這次不是我不想幫你。」郭少剛盯著戚守仁，一雙眼像能穿透人心，瞭解每個人的前世今生。「事情過了這麼久，我們的大腦本身有遺忘機制，就算當事人接受催眠，說出來的事情好像眞有其事，但準確度成疑，只是『虛構記憶』，這也是『司法催眠』之所以不能成爲呈堂證供的理由。」

「就算你這麼厲害的催眠師出馬也一樣會出現虛構記憶嗎？」

「這跟催眠師的功力沒有關係。遺忘是自然現象，就像我問你一個月前去哪裡吃飯，你也答不出來。」

「可是，我記得三十多年前我還沒有中彈前，去台北西門町光顧的日本料理店叫美觀園，吃的是天婦羅定食。」

催眠師笑出來。「要記得餐廳位置和定食容易，因爲有名字。你記得你的ＩＣＱ號碼嗎？」

「1024004。」戚守仁不用多想。「我連當年會考的編號也記得。」

「哈哈，戚sir，不是所有人的記憶力都像你那麼強，對數字有超強的敏感度，你是exceptional case。」

「你們催眠師不是懂得前世回溯的嗎？」

「那只是讓人自我感覺良好的治療過程，並不代表前世眞的存在，我是道金斯（Richard Dawkins）的信徒，是個無神論者，並不相信前世和輪迴那一套。」

戚守仁聽過道金斯的大名，他是著名的演化生物學家，代表作是《自私的基因》，認爲基因的存在目的就是傳播基因，所有生物的行爲都受這個目的驅使。而他在另一名作《*The God Delusion*》裡認爲定於一尊的神並不存在。這書是無神論主義經典，賣出超過三百萬本，在香港的英文書店一定能找到。

和郭少剛這種學富五車的人聊天，書看少點就不知道他在講什麼。

郭少剛說過，他一個月起碼會讀一本書，每一本書都是經典或得獎作，讀得非常仔細，幾十年來毫不間斷，累積下來的數量非常可觀，可以輕易舉一個例子就同時橫跨政治、歷史、藝術、經濟學、工程學等不同話題，做到眞正的融會貫通。

他把知識用來炫耀，做武器。只要拋書包（掉書袋），就等於逼人就範，因爲沒多少人招架得住，只能服從他的指示。

戚守仁天生雖然喜歡找專家幫忙，骨子裡卻又很矛盾地有反權威傾向。

「這次的當事人雖然不年輕，但你要不要試試看？」

76

戚守仁在郭少剛的診所營業時間結束後，帶根嬏上去。

如果不是戚守仁安排，根嬏別說一輩子不會有機會踏足這種富豪診所，甚至不會來遙遠的中環。她說上次來中環，是二十多年前，那時維港兩岸的景色跟現在截然不同，不只建築物不同，海岸線和山脊線不同，就連建築物上面的廣告牌也不同。

對在中環上班的精英和expats來說，根嬏的情況非常不可思議，因爲他們認爲中環就是整個香港，就算把中環以外的大部份香港全部炸毀，他們仍然可以快快樂樂地活下去。

但對很多人來說，中環太遙遠，也無法代表整個香港。

在根嬏接受催眠時，戚守仁坐在沙發上翻閱一本關於畫家盧西安·弗洛伊德（Lucian Freud）的coffee table book。這書是大開本，印刷精美，字少圖多。畫家把畫中人物的皺紋和肌肉摺痕清晰地繪出來，不知道郭少剛是不是用這本書暗示這裡的催眠過程可以把腦袋裡的事情梳理得一乾二淨？

小房間的門在十五分鐘後打開，郭少剛叫戚守仁進去。

「根嬸很厲害，」郭少剛露出職業笑容：「過了這麼久，仍然可以說出兩個英文字母，和其中兩個數字1和4，但無法確定那兩個數字在四個數字裡的位置。」

戚守仁明白郭少剛笑容背後的意思。這可能只是虛構記憶，別高興得太早。

不過，根嬸不必知道這點。

「不好意思，我只想到這麼少。」根嬸很有歉意。

戚守仁安慰道：「開玩笑，妳想到很多，幫了我大忙。這麼多年來我都拿不到這麼重要的情報。」

從司法催眠拿到的答案無法成爲呈堂證供，不過，透過催眠拿到的答案去調查，如果能找到本身成立的證據去找出凶手是誰，後者就能成爲呈堂證供。

戚守仁打開iPad裡那份蕭自勇提供的客戶名單，沒有一個人的車牌號碼符合根嬸提供的組合。不奇怪，那天是另一個人開車來把屍體帶走。

第二天，他聯絡運輸署牌照事務處的同事幫忙，找出當年符合她說的那個車牌組合的白色車，在當年一共有十五架。

按照香港法例，以個人名義登記的車牌在登記人離世後均需交出；以公司名義登記的車牌則可變相永久擁有。

那十五個車牌裡，至今仍然屬於同一車主的，只有七個。

其中一個車主的名字，一般人不一定認識，對戚守仁來說卻非常矚目，簡直如當頭棒喝。

現任《熱週刊》總編輯馬克白。

77

戚守仁第一次聽到馬克白這名字，是九十年代初他爆料廣播處長歐陽家富在東京私會情人的報導，不只轟動全港，處長也在週刊推出那天下午就向港督請辭並獲接納，馬克白從此名動江湖，在《熱週刊》裡扶搖直上。由一個記者做到總編輯，靠的一定不只報導能力，還有很多可以加分的技能。

馬克白當時已經成名，爲什麼要特地開車去四季別墅處理方淑惠的屍體？因爲那個嫖客是他親人嗎？

在戚守仁調查的名單裡，沒有一個姓馬。

馬克白的車牌只是剛好出現在運輸署牌照事務處提供的名單上嗎？

有可能，但有這麼巧合嗎？

馬克白是時事版記者出身，所以在當年網絡還不流行時，比大部份人更清楚處理屍體的細節，也知道怎樣避免犯錯留下指紋。

戚守仁不能直接去問馬克白，要先打探風聲。

香港警隊的「警察公共關係科」（二〇二二年升格爲「公共關係部」）專門處理警方和公眾之間的關係，但全香港市民都知道，警方跟外界溝通的管道，絕對不會只有警察公共關係科。

以前警方用analog無線電通訊系統，記者用９９９機截聽，有時比警方更早到達現場。警方行動前有時也會通知傳媒採訪，讓大眾知悉警方表現。不少警察不管是哪個級別，私下都會跟傳媒人打好關係，建立警民合作的良好基礎。

後來警隊的無線電通訊系統轉爲數碼化（digital），記者再無法再截聽，高層也不希望案件內容外洩，以免影響調查，畢竟記者在場時，警方要依照程序辦事和做門面工夫建立形象，非常麻煩，因此不再向記者發放資訊。

在馬克白擔任前線記者的九十年代，不可能不認識擔任刑事調查的警察。

香港目前有約五百五十位總督察和三百位警司。戚守仁不喜歡交際，不再參加警隊內部的聯誼活動，但年輕時有幾年勤於出席各種跨部門會議，方便日後合作，因此這幾百個總督察和警司，他認識百分之九十五以上。

他挑選在九十年代初擔任前線刑事調查的同袍，不到一百人，用最原始的方法，逐一打電話過去問。

「你認識《熱週刊》老總馬克白嗎？」

這問題沒有暴露戚守仁的真正目的，就像是一般打探風聲的查詢。

只有十三個人回覆認識他，其中一個說至今還和馬克白保持聯絡。

「周sir，你怎會認識他？」

周泰龍是紅褲子出身，初入警隊時任軍裝警員，經內部投考，憑努力晉升至督察，目前擔任總督察，街頭經驗非常豐富，遠不是戚守仁自己這個冷氣軍師可比。

「馬克白那時是記者，是我上司介紹認識，說那傢伙的情報很多，鬼主意也很多，日後必成大器，叫我一定要認識，現在看來一點也沒錯。」

「你上司是哪一位？」戚守仁追問，希望能找到更多人問出馬克白的底細。

「『西九老馮』馮志豪，十幾二十年前得癌症走了，不到四十歲。」

戚守仁對那名字有印象。「太可惜了，你和馬克白現在多久聯絡一次？」

「就是聖誕和新年互相問候。」

「上次見面是什麼時候？」

「很久了，九七前。」

不奇怪，愈高級的警察，愈少跟外人聯絡。

「沒關係，如果馬克白向你詢問四季別墅的案情，你就告訴我。」

在警隊裡，下級必須服從上級，是爲「指揮鏈」（chain of command）。論職位，總督察周泰龍排在高級督察戚守仁之上，但只要戚守仁介入，這規則就被打破。

兩天後，周泰龍回覆說馬克白聯絡了他。

「你去和他見面，幫我錄音。」戚守仁在電話上說：「我教你怎樣對答。」

二〇二三年三月中旬

78

美國公理會佈道所位於中環半山必列者士街（Bridges Street），孫中山來港求學期間，於一八八四年在此領洗成爲基督徒，其後佈道所拆除，於一九五三年改建爲必列啫士街街市（Bridges Street Market）（街市即菜市場），樓高兩層，採用包浩斯式設計，注重功能，採極簡風格及善用空間。

街市停用後，於二〇一三年根據「活化歷史建築夥伴計劃」的規定獲准活化爲「香港新聞博覽館」，於二〇一八年向公衆開放，介紹香港開埠以來新聞媒體的發展過程，是亞洲第一個以新聞爲主題的博覽館。

這天馬克白以《熱週刊》總編輯的身份擔任講座嘉賓，主題是「從《熱週刊》透視九十年代香港傳媒發展」。

香港新聞博覽館離地鐵站頗遠，願意走來的觀衆，清一色四十歲以上，九成都是男人。

馬克白放眼台下不到三十個觀衆，一大半是老面孔，是退休的前輩。他們接觸的新聞資訊量是一般人的十倍以上，不只講的每一句話是新聞，連呼吸的每一口氣都是新聞。

現在大家都蒼顏白髮，這種活動不只是他們的聚會，也讓他們回顧年輕時單憑一支筆就可以呼風喚雨的美好時代。

馬克白以前不懂為什麼人會懷舊，覺得那些人食古不化，可是現在他自己也喜歡懷舊，不只因為自己步入初老的年紀，也開始追不上急速變化的時代。雖然年輕同事都懂得剪片，但他這個老總並不懂，也不打算去學。

台下其中一個觀衆，馬克白認得是劉啟文，就是當年跟他一起去東京追訪歐陽家富的文仔。劉啟文後來跟他一起轉過去時事版，卻在九七前毅然辭職離開《熱週刊》，轉為獨立攝影記者，把照片賣給國際媒體，也拿過香港和國際的新聞獎項。反而當年拍的娛樂照片卽使轟動一時，卻被遺忘得一乾二淨，劉啟文接受訪問談到歐陽家富那篇報導時說：「那時歐陽家富已經和太太分居，只是沒有公開。他和異性朋友做什麼，只要不涉及公衆利益，根本不需要接受公衆監察。」

馬克白不認同這個觀點。政府高級官員不是一般的公衆人物，除了是城市的管理人，也代表這個城市，必須才德兼備去樹立模範。如果連自己的私生活也無法管理，一場胡塗，如何令市民信服？

坐在劉啟文後面的某位觀衆，馬克白覺得陌生，又有點面善。這說法沒有矛盾。陌生是他沒見過本人，面善是因爲那人曾經是新聞人物，但有超過二十年沒在公共場合露面。那人的左眼並不會動，辨識度很高。

如果不是周泰龍提到，那個人不會在馬克白的雷達上出現，現在那人就一直在馬克白的腦海裡盤旋，像隻陰魂不散的鬼魂。

獨眼神探戚守仁在這裡幹什麼？

79

「九十年代初的香港出版業主要用執字粒（活字排版），熱傳媒在八十年代末成立，從一開始就用電腦排版。很多老編輯和老記者都不習慣新一套做法，要重新學習。怎樣利用新科技，每人都有不同的看法。去到九十年代中後期，編輯部應不應該接受記者和作者用磁碟交稿件？或者開個email戶口（帳戶）收稿？是的話，就可以節省人力物力，不用另外叫資料輸入員重新把稿件打一次，但會不會把電腦病毒引進公司系統裡？」

馬克白朗讀他準備好的ppt，如果沒有準備，他現在一個字也說不下去。他的大腦被戚守仁佔領了。

「初創刊的《熱週刊》，高峰期銷量達到二十萬本，二十五年後，平均銷量是兩萬本，當然有時會賣得比較好，有時賣得比較差，相差大概一千本。一千這個數字，對我來說很有特別意思。二十多年前，時任總編輯高旭強先生根據封面故事去估計銷量，以免印太多或太少。太多賣不出去，太少令公司賺少。他估計的銷量在雜誌『回紙』後，差別往往在一千本以內，也就是印量的0.7%以內，真是神乎其技，其後的總編輯沒有一個能做到。」

馬克白講了四十五分鐘後，去到問答環節，開始擔心戚守仁會舉手提出令他難堪的問題。

一個陌生的觀眾站起來，講的話馬克白一個字也無法聽進去，需要主持把問題複述一遍。

「大概從五年前開始，年輕讀者就沒有買報紙跟雜誌的習慣，只找免費新聞。請問馬總編對紙本雜誌的前景有什麼看法？」

又是這種問題。馬克白已經回答過無數次。

紙本完成階段任務後，會從歷史舞台上消失，但台下的老觀眾也就是退休行家對紙本都很執著，不想聽眞話。

那一天必然會到來，但今天何必掃大家的興？

「我們做新聞的有一句話：『今日的新聞，就是明日的歷史。』新聞不死，記者這個行業也不會死。」

台下傳來一陣掌聲，獎勵他的話沒有傷害大家的弱小心靈，沒有人批評他根本沒有正確回答問題。

戚守仁一直坐在後面，非常安靜，就像隱形人一樣。場內除了馬克白以外，沒有人認出他來。

講座結束，幾個老前輩上前跟馬克白打招呼和寒暄，但馬克白的心思仍然在戚守仁身上。

「我們去吃下午茶，小白你要不要去？」

傳媒業很講究輩份，稱呼總是哥前姐後。以前他們都是稱他爲小白，就算他變成總編輯也改不了口，他也不期待老前輩改口稱呼自己爲「馬總」或「白哥」。

「不去了……我要回公司。」馬克白答得心不在焉。

「你今天不是放假嗎？」有個前輩驚訝地問。

「是……但我想回去看看。」

馬克白尋找戚守仁的身影，但沒成功。獨眼神探像一縷煙般消失無蹤。

「長命工夫長命做，多留點時間給自己，不要太操勞。」前輩說：「以前你還是記者時不是這樣，會去看演唱會、去台灣旅行，怎麼自從升上去做副採主後就沒有了私人時間？就算做到位高權重的總編，其實也只是打工仔，老闆要你走就走。你的人生不應該只有《熱週刊》。」

「做人不要太操勞。」另一個前輩說：「你剛才提到高佬，你知道他去年在加拿大過身嗎？」

「不知道，是什麼事？」馬克白很久沒聽過高佬的消息。

「食道癌。他長期喝烈酒，怎會不出事？」

80

中環半山的車位不多，這天馬克白沒有開車，打算沿半山扶手電梯前往中環地鐵站離開。

他沒再發現戚守仁。那傢伙爲什麼會出現？他查到我嗎？怎可能？

他一邊走一邊覺得有點熱。其實三月的天氣一點也不熱，他卻心煩氣躁到流汗。

他發現旁邊有架車跟自己並排而行，司機拉下車窗對他說：「馬總編，我是戚守仁，周sir說你有興趣瞭解二十年前的學生妹命案？你去哪裡？要不要我送你一程？」

馬克白停下腳步。

他跟不知多少警察打過交道，第一次聽到警察報上全名而不是只有姓氏，沒有提及職稱，甚至沒提自己是警察。

戚守仁很有自信馬克白記得他是誰。

這等於說，面對戚守仁的攔截和邀約，馬克白沒有本錢拒絕。

「我聽周sir說你在打探二十四年前那案件，有進展嗎？」戚守仁開車後問。

「沒有。」

「可惜，我有些事情想借助你的力量幫忙。」

「我幫得上忙？」

「當然。我在當年就在查這案件，知道幫她扯皮條的男人叫蕭自勇，可惜那人幾年前就死了。我查到死者在四季別墅的屍體有專人去處理，正在追查那人是誰，和追查是誰殺掉死者。」

馬克白聽得驚心動魄。戚守仁查到有專人去處理那具屍體，這是根嬸受訪時沒有提到的關鍵。

戚守仁查不查得到那個女學生不是被殺，而是哽死？

柯班不想被發現跟未成年少女去開房，結果找上他，兩人把事情弄得愈來愈複雜，案件被升級成凶殺案。

你以爲可以改變你的命運——他前女友馮美詩犯過這個錯誤，柯班犯過，他自己也犯過——結果非常諷刺地愈改愈糟。

把手上的爛牌丟走，換來更爛的牌。

可是馬克白不能糾正戚守仁的誤會。

「我鎖定了其中一個目標人物，」戚守仁眼神非常堅定。「可是那人有正當不過的職業，不像是黑社會成員，更不是專門處理屍體的專家。我想不出他有什麼動機去做。我沒有證據，但很有信心是他做的，爲什麼他要承受一個無法想像的巨大風險去做這種事情？不合理呀。」

馬克白不敢貿然接話，自己完全符合他說的這個人選。

到底是戚守仁查出了那人是自己，或者想利用他來找出那個人？如果是後者，馬克白豈不是要自己找自己？

不管哪一個，都不是好事。

「如果你不知道，我更加不會知道。」

「不，你知道的，只有你知道。」戚守仁不再隱瞞。「我不知道你爲什麼要做，但你一定有個強烈的理由。你是被人勒索嗎？或者你其實是黑社會成員，專門處理這種事情？」

馬克白是不是要告訴他眞相？

不，如果戚守仁有人證或物證，早就押他去警署了，不用在車裡跟他打心理戰。戚守仁這番話可能對幾十個人說過，只是進行試探。

馬克白看過很多戚守仁的報導（他不接受訪問），這人雖然是警察，但行事作風一點也不像警察，更像是披警察外衣（他不穿制服）的私家偵探，有非常多外人難以理解的原則，而且用自己的方法行事。

「開玩笑？」馬克白笑出來，這種演技難不倒他。「我爲什麼要做這種事？如果我是黑社會，爲什麼要這麼辛苦做雜誌？剛才你也聽到，紙本雜誌是夕陽行業。」

戚守仁把車停在路邊後才再開口，凝視馬克白雙眼。

「你被人勒索嗎？或者你在保護另一個人？」

「戚sir，如果是我做的話，早就在雜誌裡虛構故事誤導警方了，反正很多人都說我們《熱週刊》編輯部老作（胡說八道）的能力勝過很多編劇。」馬克白自詡有點急智，覺得如果自己真的是無辜的話，一定會用這種輕鬆的方式回應。「如果我收到情報的話，一定告訴你。」

戚守仁冷笑幾聲後一路無話，把馬克白送到《熱週刊》所在的工業大廈。

81

馬克白再次約周泰龍見面打探口風。

「戚sir居然親自找你，我是不是該讚你有很大面子？」周泰龍一邊開車一邊說。

「這種事情不值得自豪，他有找過你嗎？」

「沒有，我們屬於不同部門。我沒見過他沒聯絡過他。聽說戚sir現在孤家寡人，回家只會對著四道牆，所以長時間留在警署，全心全力投入調查工作。只要他盯緊一個人，那人就沒有好運。」

馬克白沒有注視周泰龍。「我也是差不多，只要我要調查的報導，一定能查出來。」

「不一樣。你們調查的那個人事後頂多身敗名裂，戚sir查的都是大案，罪成判囚輕則十年，重則終身監禁。」

周泰龍把車開進一條馬克白不知道名字的街道裡，找到一個車位停下來。

「小白，我認識你的時候就是叫你小白，現在看著你扶搖直上，變成白總，我很替你高興，也很光榮有機會和你識於微時。我不知道戚sir怎會盯上你，他一定有他的理由。如果你有困難就找我，我替你想辦法，希望可以幫你的麻煩減到最低。放心，我這裡沒有錄音，錄音也無法成爲呈堂證供，你不會不知道。」

周泰龍的話像溺水時出現的一根稻草，馬克白覺得好像可以抓住。

不，就算周泰龍眞的認爲是他做的，講的也是眞話，但馬克白經歷過的事情說出來很難讓人相信是正確的選擇。

那是在充滿高壓的半個小時內做出的決定，他在頭三十年的人生裡沒面對過類似的情況。

他有時認爲那是錯誤的決定，但有時認爲，換成其他人面對相同的處境，也會做出同樣的抉擇。

「告訴我到底是什麼。你講出來不會比較舒服嗎？」周泰龍親切地道。「如果有一天，你改變想法，就來告訴我。不管多久後都可以。我一定會想辦法幫你。」

馬克白幾乎心軟，但這個周泰龍跟他當年認識的周泰龍相差太遠了。周泰龍也許打從心底願意幫自己，但不排除這可能是警方常用的「好警察壞警察」（good cop, bad cop）手法，戚守仁和周泰龍分別扮黑臉和白臉向他發動心理攻勢。

「我什麼事也沒做過。周sir，我在這裡下車就可以了。」

那是外人永遠無法理解的事，是他要帶去棺材的祕密，是就算有下輩子也不能公開的眞相。

周泰龍目送馬克白的身影遠去，對空氣說：「戚sir，他走了。」

「我知道，你的感覺是怎樣？」戚守仁的聲音在車廂裡擴散。

「他的眼神告訴我是他做的，他講大話時表情就是這樣，我記得。這人非常狡猾，以前就經常騙前線警員說是死者契仔進去案發現場拍照。」

「你就是這樣和他結識也幫過他忙嗎？」

「幫過一、兩次，打好警民關係嘛！」

「沒關係，你現在可以贖罪。」

82

《熱週刊》管理層逢星期五開週會，回顧上一期的讀者反應，也聽發行部同事報告「回紙」後的實際銷量。

這次大家都嚇壞了。

印書一萬五千本，退書二千三百本，實際銷售一萬二千七百本。

退書量創歷年新高，銷量創歷年新低。

在《熱週刊》最輝煌的時代，一期能輕鬆賣過十五萬本，年輕同事都覺得是天方夜談，現在銷量不到高峰期的十分之一。

雖然雜誌主要收入不是靠賣雜誌而是廣告費，但銷量低到一個地步後，廣告商會覺得成效不彰，考慮停止投放廣告。

「我聽發行商說，《八方週刊》的情況也差不多。」發行部同事報告道。

「他們經過多次裁員後，現在根本人手不足，一個打三個，士氣非常低落。」副總編說。

「我聽到他們到處找買家接手。」大老闆當年豪氣干雲，大撒金錢招攬人才，有盡收傳媒界天下兵器的霸氣，最高峰時一年派六個月花紅。如今傳統紙媒或者說舊媒體的影響力江河日下，就算手握鋒槍利劍也無用武之地。他的身形走勢跟雜誌銷量成反比，由中年時的中等身材變成現在超過二百磅（約九十公斤）的龐大身軀。「二十年前還會找到，現在沒人會投資在紙媒上，我看他們在年底就會停刊。」

馬克白聽到他們在講什麼，但聽不進心裡。

警方昨天高調開記者招待會，宣佈重新啟動「中學生命喪虎門山郊野公園」的調查，特別調查小組正由周泰龍總督察領導。

如果馬克白沒有推斷錯誤，周泰龍背後還有戚守仁，獨眼神探才是大腦。

爲什麼這案件會由周泰龍接手？是碰巧，或者知道可疑人物是周泰龍認識的人，也就是馬克白？

周sir不再是年輕時會帶他上天台「打好警民關係」的那個督察，而是處理過多宗大案、累積了二十多年刑事調查經驗的重案組總督察。

馬克白覺得這是針對自己而來。他以爲周泰龍是自己在警隊裡的針（線人），實在太天眞了，他這總編怎當的？周泰龍從一開始，就是戚守仁的針。

「警方收到可靠線報，」周泰龍接受訪問時說：「死者在時鐘酒店死去後，由一架白色私家車把屍體運去虎門山郊野公園棄屍。警方現在正循這個方向調查。」

這句話令馬克白震驚不已。

警方怎會查到車的顏色？是不是根嫲提供？

警方的調查進度到底去到哪裡？

警方是不是快要查到他？

如果目標眞的是他的話，他是不是應該自動投案做污點證人爭取扣減三分之一刑期？反正，柯班命中註定會被出賣和坐牢，應該就是被他出賣。

雖然身爲總編好像威風八面，但馬克白竟然沒有一個可以傾吐祕密的對象。跟原生家庭關係疏離，自己也離婚收場，不用玄學家說，連他也知道自己「六親緣淺」。

沒有人能給他提供意見。

不，葉存正師傅可以幫上他的忙，也許可以給他指點迷津。

他google過葉存正師傅的全名，沒有結果，也找不到對方離世的消息。

這位當年很出名的玄學家，離世一定會有人提及、報導、懷念，不可能默默而終。

雖然很多消息在網絡流通，但就算來到二十一世紀，也不是所有都能找到。

身爲雜誌總編輯，沒必要什麼事都親自出馬去找，他早就不是跑前線的記者了。

會議後，馬克白指示時事版採訪主任肥釗訪問葉存正師傅，叫記者找出他來。

「現在會買雜誌的讀者都不年輕，他們喜歡懷舊，也想知道名人的近況，和知道這位高人對香港未來的意見。」

「爲什麼要訪問葉存正？」肥釗四十多歲，記得葉存正是誰。「香港大把玄學家，我打個電話就能找到，方便快捷。」

「很多玄學家講多錯多，葉存正不上節目不拍廣告也不寫運程書，是世外高人，有特別的份量。」

馬克白這個解釋，連肥釗也同意。

《熱週刊》的記者本領高強，但這些在兩千年前後出生的年輕人都沒聽過葉存正師傅的大名，也找不到他的下落。

「他現時可能在老人院，你們不妨去找。」馬克白覺得他們沒有盡全力。

「老人院很重視院友的私隱，不會透露給我們知道。」

「找他的家人。」

83

柯班只在三十年前見過一次周泰龍，不過，周sir常上電視，所以柯班不會忘記。

警方最近宣佈針對二十五年前的女中學生命案成立特別調查小組，由周泰龍總督察領導。

「警方收到可靠線報，」他接受訪問時說：「死者在時鐘酒店死去後，由一架白色私家車把屍體運去虎門山郊野公園棄屍。警方現在正循這個方向調查。」

柯班覺得很好呀，警方循那個方向調查只會查到馬克白。就算馬克白爆料是他做，也拿不出證據。他們最近一次在聊天室交談是匿名，連發電郵聯絡也是匿名，再上一次聯絡是一九九九年，用電話聯絡。最後一次見面則是在九七回歸前，在一個慶回歸的酒會上。

警方和陪審團只信證據，不會信預言那種屁話，最後馬克白會成爲他的替死鬼。

柯班的煩惱一大堆，自顧不暇，沒有能力再處理更多麻煩。

開關後，柯班看著香港變成另一個世界，經濟狀況不但沒有好轉，反而變更差。很多人收入驟減，不得不控制支出，從去高級餐廳變成去中價或便宜的餐廳，甚至離開香港北上中國消費和度假，融入「大灣區一小時生活圈」。

很多餐廳因此生意一落千丈，整個香港掀起史無前例的巨大結業潮。

很多餐廳不是結業，就是準備結業。

在疫情期間如雨後春筍湧現的「兩餸飯」店一枝獨秀，就是讓客人挑兩款菜式外帶的小店。這「兩」的數量只要付錢就可以增加。店裡的員工都忙得停不下手。

幸好柯班以前常去的老牌西餐廳還在，不過，由以前晚上要排隊進場，變成有三分之二桌子空置。

「疫情封關時生意當然很好，因爲香港人只能留在香港消費，開關復常後反而因爲可以離境，餐廳的生意一落千丈。」老闆跟他一邊喝Château Talbot 2018一邊說：「香港現在是『有咁耐風流有咁耐折墮』（人風流多時，日後就必然要償還風流債），以前旅遊業只注重消費，業主大幅提升租金，把小商店趕盡殺絕，把大量舊建築都拆掉，滿街都是藥房、金行和名店，那剩下來還有什麼是香港能買到而在外國買不到的特產？你現在想叫遊客來香港看什麼？看商場嗎？現在遊客來看的都是殖民地時代留下的建築物呀！」

「雖然你在罵，但還有心情享受美酒。」柯班連苦笑也笑不出來。

「不喝酒還可以怎樣？」老闆和他碰杯。「我很多熟客都移民走了，這餐廳做到九月租約期滿就會光榮結業。你的生意又怎樣？」

「正在觀察。」柯班答。

香港開關差不多一個月，柯班面對的困難逐步浮現。

香港人北上消費已成趨勢，從中國南下的旅客，也不再是以前那些揮金如土的大豪客，而變成只是即日往返，去小紅書介紹的景點打卡，低消費甚至零消費的文化深度遊。

柯班的零食店生意下跌了八成，別說賺錢，收入連還利息給銀行也不夠，隨著利率愈來愈高，每月償還的利息不斷攀升，愈來愈難以負擔。

他想壯士斷臂，把舖位賣出去，但現在估價只有高峰期的三分之一，而且根本沒人投資地產。

曾經替他賺大錢的舖位現在變成腐爛的手臂，見骨生蟲，但仍然要綁在他身上。

他不得不把做定期的存款拿出來，把兩個舖位欠銀行的錢一次還清。

除了舖位貶值，他手上的香港股票價值也大幅下滑，身家大縮水。

誰會想到在香港「只有買貴不會買錯更不會有風險」的商舖會變成他在財務上最大的負累？

葉師傅沒有說他會面對這樣的中年，爲什麼會變成這樣？

他是不是應該主動向周sir投案？入獄面對四邊牆，切斷和外界的一切，就不用面對巨大的壓力。

二〇二三年四月

84

馬克白在《八方週刊》讀到一則老人院新聞，其中一個院友正是葉存正，他的女兒葉桂蘭接受訪問，投訴老人院疏忽照顧院友，令大量院友被感染。

幸好葉存正還活著。他在十多年前家居意外受傷後被家人送去老人院，一直住到現在，今年七十八歲。雜誌刊登的葉存正照片是舊照。

馬克白不懂爲什麼又是《八方週刊》挖出來？他們《熱週刊》的記者爲什麼挖不到這種新聞？

馬克白在網絡上找不到葉桂蘭的聯絡方法，只好發訊息向李天翼索取。

「葉師傅是我舊識，我想向他老人家問好」

「難怪，這種小故事沒有可以再發揮的空間。不知道葉桂蘭願不願意告訴你們，等我問她」李天翼回覆。

和李天翼關係變好，是馬克白二十多年來少數讓他覺得世界有變好的地方。

幾個小時後，李天翼傳來葉桂蘭的聯絡方式，馬克白馬上發訊息給她。

「葉小姐，冒昧聯絡，我是《熱週刊》總編輯馬克白。三十年前曾和尊翁見過一面，獲他指點迷津，獲益良多，現在想拜訪他老人家，不知能否有這機會？我年頭打了第四針（疫苗）。祝他安康！靜候佳音！」

葉桂蘭很快回覆。

「馬總編，想不到過了這麼多年，你還想起家父……歡迎探望家父，我帶你過去，他目前狀態不錯，一定很高興你去探望他」

葉桂蘭和他約好時間，在老人院附近一個餐廳吃晚飯後，再上去探望老人。

85

葉桂蘭在訪問裡沒有出鏡，本人看來不到三十歲，青春洋溢，比馬克白想像中要年輕很多，也非常陽光。

這一頓晚餐因葉師傅而起，所以話題也在葉師傅身上，即使他不在場。

「你見過我父親就應該知道，他開口說的預言是靠只有他自己才懂的氣場，被其他命理師斥之爲荒謬。除了你們週刊以外，他基本上被所有傳媒排擠，被批評爲江湖術士。九七金融風暴後，只剩下很少人會找他，就是那些見識過他本領的老客人。這一批忠實老主顧，就是支持他後期生計的主要來源。」

馬克白就見識過他的本領。

「其他命理師的批評也很荒謬，香港的電視台每逢有這些命理節目，都會在節目前後加上『本節目內容並不是精密科學』之類的話提醒觀眾。」

「沒錯，但那些玄學家的話都有理論基礎，父親的話一點也沒有。」

「葉師傅能鐵口直斷，還能怎樣？」

「可是他的預言都不是在短期內可以實現，往往要幾年後甚至十幾年後才會實現，因此被很多人譏笑爲騙局。」

「像我這種？」

「我不知道他跟你說了什麼，也不是每個人多年後都會回來找他，那些飛黃騰達的人忘了他，那些遇上大麻煩的人自身難保，也沒有辦法找他。」

86

香港市區裡有不少老人院，但除非踏足裡面，否則看來就平平無奇。有些院友仍然頭腦清醒，有些完全失智，認不了親人，被家人遺棄在裡面。生老病死是每個人的必經之路，老人院裡的狀況需要關注，可是大部份讀者不感興趣，寧願看娛樂八卦跟投資發財，所以馬克白都沒有叫記者報導，除非老人院爆出醜聞，像幾年前有老人院就因爲被揭發員工把長者押上天台脫光衣服等候洗澡，最後被拒續牌只能結業。

葉存正住在單人房，馬克白估計每個月的住宿費和雜費大概等於兩到三個記者的月薪。葉桂蘭一定是高收入人士，否則怎負擔得來？

快三十年沒見，如果不是葉桂蘭指著，馬克白不會認出躺在床上那個很瘦小的老人是當年壯碩的葉存正師傅。老人就連口罩以上那雙眼睛都變得無精打采。

葉師傅揮手跟他打招呼。

「葉師傅，我是《熱週刊》的馬克白，你當年在升降機裡贈了我和同事幾句。」

「是嗎？年紀大了，很多事情都記不了。」葉師傅的聲音不變。「雖然我上個月去過《熱週刊》接受訪問，但見過什麼人都忘了。」

馬克白回想上個月……不，不用葉桂蘭解釋，他明白是什麼事。

年老失智而不知百病叢生或死之將近，不見得是壞事，但馬克白在葉桂蘭面前說不出口。

就算住在老人院單人房，說不定葉存正會以爲自己住在家裡，以爲自己仍然是中年，以爲女兒是太太。

「沒關係，葉師傅，雖然你忘了我，但我一直沒有忘記你。」

馬克白想起當年聽到葉師傅的贈言後，氣沖沖離開升降機，到底自己說了什麼，其實早就忘記。

「謝謝你。多做好事，廣結善緣，你的人生就會變好。」

葉師傅就算失智，仍不忘給他贈言，唯一原因，就是師傅生性善良。

離開老人院後，他終於忍不住問葉桂蘭：「葉師傅算到自己晚年是這樣嗎？」

「當然算到，我父親在我小時就說，他們這種人知道太多，洩漏太多天機，註定不會長命，或不得善終，或很難留得錢財在身邊，所以他一直樂善好施，安貧樂道，爲自己積福。他幾十年來一直捐助這間老人院，我也不知道有多少錢，總之很多，多到讓他成爲榮譽董事，所以後來獲安排入住單人房直到百年歸老，以我的微薄收入完全無法負擔得來。」

「眞是神機妙算。」馬克白不禁佩服。

以嚇到我。」

「他常說：『積善之家，必有餘慶。』其實你不是單純來探望我父親，而是請他再次指點迷津，對吧？如果你願意告訴我是什麼事，也許我可以幫到你，給你多一點啟示，我保證不會讓其他人知道。信我，什麼奇奇怪怪的事我都聽過，沒什麼事情可以嚇到我。」

馬克白幾乎想全盤托出，但想到她可能聽了戚守仁的指示，就婉拒她的好意。

馬克白不敢低估戚守仁的能力。

「相隔這麼多年後仍然來找我父親，表示用盡其他方法也找不到答案，那必然是一個非常複雜也難以找到解答的難題。我懂的，也不勉強你。我聽父親給很多人不同意見，最後得出一個結論：雖然命運無法改變，但可以改變心態，給自己的人生增加意義。」

馬克白咀嚼這句話，就像在一望無際的沙漠裡雖然迷路找不到出口，但取而代之找到一個綠洲，指出另一個思考的方向。

87

馬克白有生以來最遺憾的一件事，不是去運屍，那件事情只害了自己，沒有傷害別人。

最讓他遺憾的一件事，是傷害了他這輩子最不想傷害的人，也令他後悔不已。不是前妻周美詩也不是他的孩子。他虧欠他們沒錯，但不是最遺憾。

他在臉書上搜尋Macy Fung。他的第一任女友馮美詩。

他們兩人在Facebook面世前就分開，所以在過去二十多年間徹底失去聯絡。

不過，他一直沒有忘記她。

Macy Fung是他加入Facebook後第一個搜尋的名字。Macy在香港不是一個流行的英文名，照理應該很容易找到，但要到電影《社群網戰》（*The Social Network*）上映的二〇一〇年才找到她。

那時距離兩人分手超過十年，她的外貌有了不大不小的變化，是從不到三十歲變成四十出頭的自然衰老。從此，他偷窺她的照片一張張出現，看她上傳自己的近況，但更新速度並不頻密，大概一個月一張。他很想叫她頻密更新，不過當然只能停留在「想」這個階段。

他偷看她的臉書的頻率，由一天幾次，變成幾天一次，幾星期一次，到幾個月一次，到後來心血來潮才看一次。看到她貼出結婚照片時的心情最複雜，不過，那是不知道多少年前的舊照。本來在她身邊的應該是他，現在這個男的他不知道身份來歷也不知道長相。

她的婚妙照給他很大打擊，即使是舊照也一樣。此後，他就久久才去看她的臉書一次，疫情期間只看過兩、三次。

現在她年過半百，黑髮夾雜白髮，仍然在同一間中學任教，並擔任副校長。

她沒貼過丈夫的照片，非常重視私隱。

她也沒貼過小孩的照片，但原因是她沒有小孩。

她是選擇不生或者無法生小孩？

他從回憶裡尋找答案，那些二十多年前的事情埋得很深，要花時間才能挖回來。

他跟她討論過生兒育女。她希望跟下一代不要有太大的年齡差距，最遲在三十出頭時生小孩。

算來她結婚時至少三十六歲。

她晚婚算是他害的，如果不是拖到快三十歲才分手，她一定會更早找到結婚對象，還有生兒育女。

他這輩子做過最混蛋的事情，就是誤了她的青春，所以，希望能把握機會再和她見面，最後一次，向她賠罪。

說不定周泰龍——也就是戚守仁——很快就會找到指證他的證據，控告他觸犯

「阻止屍體合法埋葬罪」，最高可判監七年，就算認罪扣減三分之一刑期不用坐那麼久，到他出來時也快六十歲。

人生無常，他希望在入獄前把事情做好。天知道期間會發生什麼事。

不過，事情沒這麼簡單。

「怎樣約一個女性出來？」

這個年輕人會碰到的難題，現在他這半百男人也要面對，而且更複雜，變成「怎樣約一個幾十年沒見的已婚前同居女友出來？」用「妳好嗎？好久沒見，可以出來見面嗎？」就能引她出來，是只有入世未深的編劇和觀眾才會相信和自我欺騙的情節。

他需要找適當的話題切入，就像寫人物專訪時，從第一行就要下工夫，讓讀者對受訪者感興趣，一直讀下去。

他找到她三個月前的一則帖文。她母親過身了。

他小時候聽過一句客家諺語：「捉貓子，看貓嫲。」意思是有其母必有其子。二十多三十年前，她母親大概五十歲左右，賢妻良母型，性格也好，煮得一手好菜，他覺得美詩日後也會一樣，可以和他白頭偕老。

可惜他們沒有機會走到那一步。

他沒找到她的電郵地址，估計她的電話號碼——他記得她，不用查電話簿——沒變，就用WhatsApp發訊息給她。她很少用ＦＢ，而且突然用ＦＢ聯絡也很不禮貌。

「Macy，好久沒聯絡，妳最近好嗎？剛在ＦＢ看到妳母親離世的消息。Sorry for your loss。」

後面那句如果不用英文說，他不知道用中文該怎樣講才能掌握到分寸。

他不知道她會不會回，不知道她會怎樣回，說不定只是很冷淡的「謝謝關心」四個字，那他就沒必要再糾纏下去。

他第二天收到她回覆。

「謝謝關心」

「好久沒聯絡。原來你已經是《熱週刊》總編輯，最近好嗎？」

她google過他的近況，這就容易打開話題了。

兩人一來一回互訴近況後，他終於問：「可以見面嗎？」

「我結了婚，你知道吧？」

「知道，但希望把握最後機會見妳一面」

「你有絕症？」

「沒有，但有大麻煩。見面時可以親口告訴妳，時間地點由妳作主」

88

她沒有約他去他們第一次約會的餐廳，也沒有去以前他們常去的餐廳，一來這次碰面不是那個目的，二來他們以前常去的餐廳大部份都成爲歷史。

她沒約他去吃飯，而是在遠離市區、位於大嶼山、連接迪士尼線因此人來人往的港鐵欣澳站見面。

這個車站他們沒有一齊去過，因爲車站是在他們分手後的二〇〇五年才啟用。這個車站有椰樹，有天幕，有迪士尼電影的配樂，一點也不像其他港鐵站，甚至漂亮得一點也不像香港。如果他們是一對情侶或夫婦，他會覺很浪漫，但他們失去了對方，讓他覺得很悲哀，希望車站把椰樹和天幕搬走，把音樂關掉。

他早到十五分鐘，在月台上等她，不是在連接迪士尼線的那個漂亮的月台，而是在對面那個很平凡的月台，靠近車尾位置的長椅，非常隱蔽。

他沒有坐下，沒那個心情，一直留意對面月台，只要有列車抵達，他就會全神貫注留意那個月台上的人、從行人天橋走來這個月台的人、走向車尾位置找自己的人。

美詩的身影在八分鐘後出現，雖然二十多年沒見，她的體型不再纖瘦，但步姿跟以前一樣，他遠遠就認出她。

雖然在Facebook上看到她在這些年的變化，知道她現在的容貌，但看到她本人仍然有點不眞實。

他覺得在自己面前的是兩個人，一個是當年只有二十多歲的中學老師，一個是現在年過半百的副校長。

二十多年沒見、沒聯絡，他對她也許就像是個陌生人，連現在流行說的「最熟悉的陌生人」也算不上。

「我沒想過會和你再見。」第一個開口的不是他，而是她。

人的容貌會衰老，但聲音不怎麼會改變，二十歲時跟五十歲時的相差無幾。

當年的中學老師和現在的副校長逐漸融爲同一個人。

「我也是。」身爲見過很多風浪的雜誌總編輯，反應居然遲了一步。「我要去坐牢了。」

「你發生了什麼事？」她雙眼睜大。這個表情和以前一樣。

「我在二十多年前做過一樣很錯的事情。」

「二十年前……我年輕時也做過很錯的事，累了不少人，也早就恥於回想。」

幹掉時事版一干人等是很卑劣沒錯，但這種事情在醜陋的辦公室政治裡多不勝數，每天都發生。

他帶她在長椅上坐下。

「我做過的比妳做過的嚴重百倍，但做這件事的理由，跟葉存正師傅跟我講過的預言有關。」

「三年升兩次有什麼問題？」她問。

「其實他給我三個預言，第一個是我財務出大問題，第三個跟我的妻子有關，雖然葉師傅沒有言明，但肯定不是好事。」

她的眼神先是充滿疑惑，但後來露出恍然大悟的目光。

「你……你怕連累我，所以離開我？」

他點頭，「很高興妳沒問我是不是跟妳開玩笑。如果現在妳跟我在一起，就會遇到大麻煩。」

「到底你遇上什麼大麻煩？」

「妳可以替我保守祕密，不當我是罪犯看嗎？」

她沒有答話，只是微微點頭。

他深吸了一口氣後，向她說明去四季別墅幫柯班處理屍體的前因、經過和後果。

她沒有質疑他騙她也沒有批評他，完全信任他，讓馬克白傷心不已。

天上地下，最懂他的人就是她，但他爲了她的幸福，不得不離開她。命運爲什麼要作弄他們？如果不是怕連累她，他願意跟她做七世夫妻，不，是輪迴後生生世世都做夫妻，直到宇宙最後一顆星球爆炸，消失於虛無之中。

他就是這麼愛她，非常不捨得跟她分開。

她在想同樣的事情，所以表情很複雜，像失望，像慨嘆，像怨恨天意弄人。

「葉師傅的預言非常準確，跟我在一起會惹到大麻煩。如果妳還跟我在一起，一定會後悔莫及。」

她把視線從遠方拉回來，像不想回到現實。「你有什麼打算？離開香港或者自首？」

「我不想一輩子不回來香港。『阻止屍體合法埋葬罪』最高刑期是七年，認罪扣三分之一刑期，扣減假期後，大概四年多就可以出來。」

「坐四年牢並不容易，但以你的情況，自首不單要受牢獄之苦，也代表你接受命運的安排，成爲命運的奴隸，你明白這個意思嗎？」

馬克白點頭。

同樣叫美詩，前妻曾經對自己絕對服從，前同居女友卻是一直以來不用自己開口就知道他在想什麼。

「我當然明白，但事到如今，我可以如何反抗？這幾個星期我一直提心吊膽，吃飯睡覺都不安樂，好像有個炸彈綁在在身上，不知道什麼時候爆炸。自首可以讓事情有個了結。」

美詩再次注視遠方，像在探問什麼，過了很久才把眼神收回來。

「了結有很多方法。徐志摩有句話在台灣很流行：『得之我幸，不得我命。』讓我們來賭一把。成功是你幸運，不成功再認命。」

二〇二三年十二月

89

戚守仁其實沒有真憑實據去指證馬克白，成立特別調查小組只是向公眾交代，也希望能打心理戰，威逼誘使馬克白自首。

可是經過八個月後，他的如意算盤仍然無法打響。

究竟是他的想法太一廂情願，馬克白看穿了他？或者馬克白寧願等警方上門抓人？

戚守仁再次收到根嬸的消息，是《八方週刊》的林曉敏通知他。

「根嬸上個月因新冠肺炎離世了」

襲捲全球的疫情帶走了很多人的性命，戚守仁就有幾個長官和同僚死去。借用流行的說法，這個疫情就是一次大規模的天擇，如果有人注射疫苗後仍然被感染死亡，或者因注射疫苗而身體不適死亡，都只能歸究被自然淘汰。

戚守仁想起根嬸那個打理得井井有條的家、她那張滄桑的臉、她要等很多年後才敢講的往事，覺得她早有心理準備這次在劫難逃。她能撐到開關大半年後才離世，其實非常厲害。

林曉敏在下一則訊息寫道：「她有個鄰居聯絡我，是個姓呂的男人，說有東西想交給你，希望跟你聯絡」

「什麼事？」

「我不知道，你可以聯絡他嗎？」

90

呂先生不願意去警署，不願意跟戚守仁在公眾場所碰面，不希望被人看見他跟警方聯絡。

戚守仁約他晚上七點半在寶馬山上面的學校區見面。戚守仁的車停在聖貞德中學外面，方圓三百公尺以內，除了他們這架車以外，沒有其他人。

呂先生是中年人，戴上口罩，在車外把手上的大膠袋交給戚守仁，裡面有十多盒錄影帶。

「這些都是根叔在二十多年前給我的，就是根嬸接受訪問說的那個謀殺案當晚的閉路電視錄影，根叔保留了下來。」

戚守仁接過時，幾十年前的回憶馬上湧上心頭。他有不知多少年沒碰過這種年輕一代不知道是什麼東西的過時產品。

「怎會在你手上？」

「說來話長。我們上車再說……」呂先生跟戚守仁鑽進車裡。「你有沒有聽過玄學家葉存正？」

「當然聽過，八、九十年代非常火紅，但後來銷聲匿跡。」

「葉存正帶女人去過九龍塘所有時鐘酒店，是ＶＩＰ中的ＶＩＰ，也向根叔根嬸贈過言，說根嬸雖然不善交際，但口不擇言，會禍從口出，死於非命，所以根叔把這個錄影帶給了我，叮囑我說，如果他先行一步，這個錄影帶要等到根嬸走後才公開。」

根嬸到最後確是死於非命，但和葉存正的預測應該不是同一回事。

「竟然是這樣，但是錄影帶過了這麼多年，就算有備份，說不定已經受潮，無法讀取。」

「不用懷疑，早就受潮了。」呂先生嘴角向上微彎。「所以，我在很多年前，就把影片從錄影帶抄到我電腦上，也有無數個備份。就算我不認同她做援交妹，但找出凶手以慰她在天之靈，伸張正義，是我做人的態度，這也是根叔保留錄影的初衷。」

呂先生從背包抽出筆電，開始播出左下角有日期和時間的黑白影片。

21:15，一個年輕女子進入四季，向管理員根叔登記和付錢拿門匙，是方淑惠沒錯。雖然要出示身份證，但她用的是姐姐方淑德的成人身份證，輕易過關。她手挽一個膠袋，裡面裝的好像是外賣盒。

21:58，一個穿西裝打扮smart casual揹背包的男人步行抵達四季，經過外面的停車場，進入建築物。在另一條影片裡，他向根叔打招呼後穿過走廊。雖然清楚拍到他的臉，但戚守仁認不出他來。

22:40，那個男人再次出現，跟根叔交談，從褲袋抽出幾張鈔票給他交還門匙後，匆匆離開，手上有剛才方淑惠拿的膠袋連外賣盒。

23:31，一架白色私家車開進停車場，但因角度不對，拍不到車牌號碼，只知道是白色日本車，跟馬克白以前的一樣。一個戴上鴨舌帽、黑超、口罩的神祕男人下車。在另一條片裡，他付了一疊鈔票給根叔後拿到門匙。

23:47，神祕男人用公主抱的方式抱一個人從別墅出來，根叔爲他開路，並走到室外，替他打開車門，讓男人把人放進後座。

「根叔說，第一個男人是常客。」呂先生道：「還有幾條影片是拍到這對男女一起去開房，但那天和第二天的閉路電視都沒有拍到學生妹離開。到底那男人是誰，就要靠你們警方去查了。」

91

雖然一個人的容貌在二十年來變化不少，但五官的位置不會改變。

戚守仁把呂先生提供的檔案交給科技組，用臉容識別找出五個容貌很接近的人，但只有一個的年齡符合：柯班，今年五十一歲，已婚，是一間中型出入口公司老闆。

戚守仁對這名字毫無印象，問周泰龍：「這人曾經在《熱週刊》工作過嗎？」

「他在裡面做了很短的時間，還沒過試用期。戚sir你怎會知道？」

找到他跟馬克白的關聯了，但爲什麼馬克白要幫這個人？

「只是覺得他有點面善。」

「戚sir不愧是神探，厲害。」

92

滿東出入口有限公司在經營超過半世紀後，終於敵不過時代的巨輪，結束業務。其實只要有一筆生意，柯班仍然會咬緊牙關拚最後一口氣堅持下去。壓垮他的最後一根稻草，是十一月那筆訂單在最後關頭被東南亞廠商和出入口公司以低價搶走。

柯班覺得大環境變得太厲害，公司氣數已盡，無力回天。

一星期後，柯班被周泰龍帶一隊人馬到家中拘捕。

他早在二十年前就有這個心理準備，在腦海裡進行過無數次沙盤推演。警方就算找到他，也沒有可能拿出什麼證據，所以他去到警署後繼續保持緘默。他那位姓劉的ＭＢＡ同學在一個小時後帶助理去警署支援他。

對方目前是資深大律師[9]，柯班一直跟他保持良好關係，每年都請對方吃飯，就是萬一有需要時，可以請對方幫忙。

警方出示當年四季別墅的錄影，供柯班跟劉大狀[10]一起觀看。

年輕時的柯班跟Suki的臉被拍得非常清楚，連他也沒有兩人的合照。看到Suki永遠定格在十五歲時的容顏，他百感交集，但感傷很快就被恐懼淹沒。這個新出土的證據把他殺得措手不及，他一點心理準備也沒有。根叔怎會保存這個錄影？就算保存，爲什麼要事隔二十幾年後才出現？

大難當前，這些問題不再重要，重要的是讓他脫罪。

柯班和老朋友劉大狀單獨見面時，別無選擇，老實說出做過的事情，騙自己的律師只會打亂人家的部署，等於自找麻煩。

劉大狀不當他跟女學生去時鐘酒店是一回事，不當嗄死是一回事，不當葉存正的預言是一回事。

「我開門見山說，這案件很棘手。你跟未成年的死者去開房間證據確鑿，我會勸你認罪減少刑期，頂多判囚五年。你承認是誤殺，好過檢控官控告你謀殺，後者罪成一定判終身監禁，誤殺罪是最高刑罪才判終身監禁。」

「最高？」

「對，不一定判那麼多，上庭前認罪，兩條罪同期執行，說不定你八年後就可以重獲自由。」

---

9 大律師（counsel或barrister）：即台灣的訟務律師，不同於事務律師solicitor，兩者並無等級之分。

10 大狀：即大律師。「狀」源自古代的「狀師」。

「一日也嫌多。有沒有可能推翻閉路電視錄影說只是人有相似？」

「那必須動用大量專家證人協助，保守估計至少要花費一百五十萬至兩百萬，審訊期越長，你要花的錢自然越多，說不定最後需要三百萬至五百萬。雖然我很想賺你的錢，但老實說，我沒有把握一定打贏。」

「不是說疑點利益歸被告的嗎？雖然影片拍到我和那女的去開房，但不是我處理屍體。」

「你和未成年少女去開房，到底是不是你殺人，沒人知道，但你有強烈動機去指使其他人毀屍滅跡，也就是主謀。不管是你殺人，或者你指使殺人，都對你非常不利。」劉大狀說：「還有一點非常現實，恕我單刀直入問：打這種官司很貴。你有能力花五百萬打這場沒有必勝把握的官司嗎？」

柯班每天都病態地頻密檢查自己的銀行帳戶結餘，很清楚自己包括現金和股票在內，有多少流動資金。

「如果你不收我友情價，我要賣樓才夠錢打官司。」

劉大狀苦笑。

「那已經是友情價，無法再便宜。如果你打贏可以發還訟費，但打輸你全家就要瞓街（流落街頭）。我勸你不如認罪，希望檢控官只控告你誤殺而不是謀殺，也留生活費給你的家人。」

柯班一直深信法律是爲他這種有錢人服務，沒想到現在他卻成爲拿不出律師費的窮人。

93

戚守仁隔著玻璃觀看周泰龍盤問柯班。

出乎戚守仁意料之外，柯班見完律師後，非常合作，對周泰龍坦誠說出一九九九年跟方淑惠去開房時，她吃叉燒包哽死，然後找馬克白去處理屍體。

「爲什麼馬克白要幫你？」周泰龍提出戚守仁一直想不通的問題。

「因爲馬克白要避免葉存正師傅的預言發生。」

柯班說出葉存正師傅講的預言，戚守仁覺得匪夷所思，但如果是眞的話，馬克白其實相當無辜，算是被要脅去處理屍體。

「你說的話有沒有證據？」周泰龍問。

「沒有，我們上次聯絡就是用匿名方式，連我發電郵聯絡他也是匿名，也沒有備份。我跟馬克白最後一次聯絡應該是九七回歸前，在一個慶回歸的酒會上，之後就沒有聯絡。」

「沒有證據你說什麼都可以呀！」

戚守仁不會跳出來說根嬸被催眠時報出的車牌號碼，最大嫌疑人就是馬克白。這個證據上不了法庭。

「你去查他呀！不然我們爲什麼要納稅？」柯班的意圖很明顯，反正要坐牢，就拉馬克白落水。

「阿sir做事不用你教。」周泰龍頂回去。

警方當然會找馬克白，就算沒有證據也一樣。

94

警方上門拘捕馬克白帶返警署。

戚守仁在會面室裡親自盤問他，全程錄影。

「我們有證據證明你在一九九九年十一月五日深夜參與一宗謀殺案。」戚守仁用誇大的口吻恐嚇他。「我建議你現在認罪，可以扣減三分之一刑期。」

「沒做過的事無法招認。」馬克白不爲所動。「你們手上現在有什麼證據？」

「當然不能告訴你。」

「那就是沒有。我是雜誌總編輯，別以爲我沒有見識。」馬克白擺出自信十足的氣勢。

「有證人證明你在場。」戚守仁繼續跟他打心理戰。「如果你現在認罪，我們會跟檢控官說控告你誤殺罪而不是謀殺罪。」

馬克白臉上露出的不是無辜，而是「我沒做，所以我一定可以脫罪」的自信。

「我是奉公守法的良好市民，沒參與過謀殺案，不要恐嚇我。你講的那天我忘了自己做什麼，但說不定有人能夠拿出不在場證明。」

95

周泰龍根據學校網站，找到馮美詩副校長的聯絡方式。這個女人接到他的電話時很意外，以爲是惡作劇。

「請問警方找我什麼事？」她的聲音非常平和。

「馬克白先生涉嫌參與一宗嫌參與一宗謀殺案。他說你們以前是認識的，可不可以告訴我你們的關係？」

「他是我前同居男友。」

「一九九九年時是嗎？」

「不是，我們在九六年分手了。」

「是什麼理由？」

「這是我的私事，沒必要向警方交代。你們找我到底是什麼事？他死了嗎？」

「他還活著。我們在調查他在一九九九年十一月五日那一晚的活動。他說妳有寫日記的習慣，可不可以借來看？」

「不可以，我爲什麼要暴露我的私事給你們知道？」

「如果妳能拿出證據證明他不在現場，就可以讓他脫罪。」

96

身爲學校管理層，馮副校穿Chanel套裝來警署，擺出的氣場跟衣著平實的馬克白截然不同。

這兩個人，完全是兩類型的人，即使兩人年薪都超過一百萬。

周泰龍接見她，沒有介紹默默在旁觀察的戚守仁。

她心不甘情不願帶來充滿歲月痕跡的日記簿，不只一九九九年那本，而是應周泰龍——其實是戚守仁——要求，從一九九〇年至今總共三十四本。

馮副校取出一九九九年那本，翻到十一月五日星期五那一頁。

「跟馬克白去尖沙咀吃飯，本來是吃晚飯，但他升任爲主編後很忙，結果遲到要八點才出現，向我賠罪。我們十點吃完，他說要送我回家，我說不用，他不再是我男友，但他很堅持，說治安不好。十一點半送我回到家。」

這段文字不是新加的內容，而是那一整天的內容。除非推翻這本日記的眞確性，否則這就爲馬克白提供了完美的不在場證明。

「就只有這麼一小段？」

「我的日記都是流水帳，如果沒有什麼特別大事，不需要寫那麼多。」

戚守仁翻閱她的日記簿，其實是筆記簿，不是每天都寫，而是一星期寫一到三則。唯一確定的是每一則日記之間沒有白頁，無法事後塡補一頁上去。

「爲什麼馮副校不用日記簿？」

「日記簿的編排催促你每天都要寫，我不喜歡。」

「馮副校教師的工作不是要訓練學生服從紀律嗎？」

「沒錯，但那是我的工作，我沒必要把這個紀律帶進我的私生活裡。」

「爲什麼妳和馬先生分手後還見面？」

「我們是和平分手，分手後仍是朋友，朋友見面很平常吧！」馮副校說得非常自然，不像說謊。

「妳跟馬克白先生最後一次聯絡是哪一年？我要準確的年份。」戚守仁追問。

「二〇〇一年。」

「妳要不要看日記去確定？」

「不用，那年我認識了男朋友也就是現在的丈夫後就沒跟他再見面。你知道，男人也會妒忌。」

馮副校說話有一股氣勢，除非有證據，否則戚守仁無法跟這種人打心理戰。

97

周泰龍聽從戚守仁指示，有技巧地詢問馮美詩的同事，大家都說她「是非常dedicate的副校長」、「很積極帶學生參與校外活動」、「不管在暑假、聖誕和復活節都會帶同學出外交流，也許是台灣，也許是日本，甚至歐美」、「她沒有me time，完全奉獻給學校」、「馮副校視學生是自己的子女，很多畢業的學生都會找她吃飯」。

馮美詩的丈夫是另一間學校的校長，說她「很忙，日程表排得密密麻麻，跟我一樣，但我們都能看到對方的日程表，有時我們要看日程表才會發現大家都會出席同一場活動」。

「你太太有沒有可能是背著你去見其他男人的時間管理大師？」

周泰龍覺得這問題很蠢，但職責所在，只好厚著臉皮去問。

「哈哈，阿sir你開玩笑嗎？」容校長答：「一間中學一年收至少一百五十個新生，三十年就是四千五百個，畢業生遍佈各行各業，她也非常積極參與教育界活動，交遊廣闊，去每一個地方都有可能碰到認識的人。最重要的是，我太太不是你說的那種人。我對她完全信任。」

馬克白的同事都說他是「只要張開眼就回雜誌社」、「就算放假也回雜誌社，回家只是睡覺」、「他太太——現在是他前妻——以前是他祕書，聽說後來受不了他愛工作多於家庭而離婚」。

馬克白前妻周美詩說：「他是工作狂，是失敗的爸爸，連孩子生日也忘記，就算假期也回公司工作而不是陪家人。沒有女性會喜歡他。」

「可是妳跟他結過婚。」周泰龍提醒道。

「年少無知被騙。」

「他有沒有可能背著妳去見其他女人？」

「不可能，他只愛《熱週刊》，應該和《熱週刊》結婚，就算出軌也是跟《熱週刊》出軌。」

周美詩說得咬牙切齒，不像開玩笑，戚守仁也笑不出來，這個女人雖然目前靠贍養費過活，但任何人都看得出她對前夫沒有愛，只有恨。這個恨意大到，如果可以的話，她寧願不要贍養費，也要送前夫去坐牢。

周泰龍等周美詩走遠後，對戚守仁說：「我曾經認爲馮美詩和馬克白藕斷絲連，一直保持地下關係，現在看來這個可能性不是近乎零，而是零。」

戚守仁點頭。

二〇二四年一月

98

陪審團一致裁定柯班「誤殺」及「與未成年少女發生性行爲」兩項罪名成立。

兩項刑期同期執行，判囚五年三個月。

柯班拿不出證據證明馬克白參與，所以馬克白沒有被列爲被告，令柯班無法接受，所以，他坐牢後，到處向人說《熱週刊》總編輯馬克白幫他處理屍體，但沒有人當眞。

一天，有個老囚犯在球場上放風時問他：「聽說二十多年前有個未成年少女的死是你一手造成，對嗎？」

那人六十多歲，膚色黝黑，一張臉飽歷風霜。柯班不知道這人的來歷。

「開玩笑，怎會傳成這樣？」柯班連忙否認，怕被人誤會而被殺。「我沒有殺人，那女的是跟我去開房時吃叉燒包哽死，不過，她的屍體另外有人棄置，就是現任《熱週刊》總編輯馬克白。」

99

同僚發現葉存正失智後，就放棄追查那條線，但戚守仁沒有放棄。葉存正住在老人院，如果馬克白要找葉存正，一定會先聯絡他女兒。

戚守仁問老人院拿到葉桂蘭的住址後，單人匹馬出動，在她下班回家時於住所樓下攔截她，表明身份，邀她去附近一個公園的長椅，做非正式的傾談。

他拿出五張照片，其中一張是馬克白，問她有沒有見過其中一個人。

她的視線停留在馬克白的照片上最短，幾乎是馬上跳過去。

「一個都沒見過。」

戚守仁抽出馬克白的照片，盯著她的雙眼問：「這位也不認得嗎？」

她沒有迴避他的逼視。「他是誰？」

「放心說吧，案件結束了，不會翻案，我只想知道我的推理是不是正確。」

「我不認識。」

這女人不簡單，「獨眼神探」的光環對她完全無效，戚守仁換過另一招。

「可不可以告訴我尊翁的預言能力？」

葉桂蘭雙眼馬上發亮。

「他觀人於微，能憑直覺用面相、體型、步姿、說話方式、表情等去斷定一個人的性格，再判斷對方的命運，是一種經驗累積。接觸的人愈多，累積的觀察和經驗愈多，他的預測愈準確。這其實跟各種玄學的做法差不多，是基於統計，只是家父沒有把他的經驗歸納出一套理論，但道理相同。」

「就是這麼簡單？」

「當然不是，這種觀察和經驗需要不斷修正，也會出現偏差。我舉個例子，二十多年前《熱週刊》的總編輯高旭強因報錯料而要和幾個下屬集體辭職，你聽過嗎？」

「我記得。」

「家父當年去《熱週刊》做訪問時，就跟高旭強說，他人生有一個大突破，接下來人生會一帆風順。我懷疑就是因爲這樣，高旭強急於立功而沒有核實資料，最後爆錯料而不得不辭職，後來轉去其他雜誌社擔任管理層，甚至做到社長，看職位確是有提升，但那些雜誌都是低檔次的八卦週刊。高旭強是時事記者出身，做八卦週刊從來不是他的本意，也讓他有志難伸，純粹是領錢辦事。後來紙本雜誌步入黃昏，沒有營養的八卦週刊逐一停刊，他也在十年前移居加拿大，說是提早退休，其實是失業成爲閒人。他離開香港前，還向家父問前程，我才知道他這個人。」

「妳父親的預言竟然一點也不準！」

「不能這樣說，你知道他有個孿生弟弟叫高旭明嗎？」

「我……我好像聽過這名字。」戚守仁的腦袋裡記著大量名字，「但那人好像不是做傳媒的，我不知道兩人有關係。」

「高旭明不是在傳媒工作，而是在網絡，不是網絡媒體，而是很硬的網絡科技行業。他們兩兄弟在中學選擇文科理科時分道揚鑣，後來走完全不同的路。高旭明發現有人把他跟哥哥混淆後，就故意留鬍鬚，跟高旭強都是身高高人一等外，在外表上很不一樣。就算同時認識他們兩個的人，也不一定會發現兩人是兄弟。高旭明的人生一帆風順，從在網絡公司上班，變成開科技公司。他們兩兄弟出生時間只差幾分鐘，八字完全相同。爲什麼兩個人的人生完全不一樣？」

「因爲兩人姓名不同，筆畫不同。出生次序會影響房份（指大家族各個子女的分支）和宮位，祖墳的影響力會因房份的不同而有吉凶的剋應。針對孿生兒的命盤，不同人有不同說法，有人說哥哥用原盤，弟弟用遷移宮當命宮，有人說哥哥用父母宮當命宮，弟弟用兄弟宮當命宮。」

葉桂蘭點頭。

「沒想到你懂一些，可是，姓名對一個人的影響力不到5％，所以，很多藝人把名字改來改去始終紅不起來，改名後能紅起來的只是少數，原因跟姓名無關而是其他因素。古今環境不同，祖墳的影響力也大不如前。命理是古代的大數據，無法一本通到老。一個內向、多病、不喜歡出門交際的人，在古代一定是窮光蛋，但現在可以透過網絡在家遠端工作賺錢，甚至成為網紅。有漸凍人症的霍金（Stephen Hawking），在古代一定會當成廢物，和『人彘』一樣被棄置，但活在二十世紀末的他利用科技輔助，不只活下來，更成為理論物理學家研究黑洞。」

「對，現在足不出戶就可以做很多事。」

「我不會說家父講的都是錯，但他的依據是來自他年輕時的經驗累積，也就是二十世紀中，那是一個和現在截然不同的世界。他那時的判斷無法完全套用到這個時代。他在人生的晚年才接觸臉書和YouTube，沒有機會好好認識這個急速變化的世界，和調整他的想法。」

「沒錯，他再聰明，也被時代限制了自己的視野。」

「不管世界和環境怎樣改變，但人性很難改變。貪婪的人只會想辦法更貪婪，利用新科技去滿足自己的慾望。性格決定選擇，選擇決定命運。真正影響每個人命運的，是自己。任何人從相信家父的預言開始，命運就被無形的線所牽制。你有沒有聽過量子物理學的『觀測者效應』（Observer effect）？」

「沒聽過。」戚守仁本來以為此行是用旁敲側擊向葉桂蘭打探情報，沒想到現在居然反過來被她問得答不上來。

「『觀測』這行爲會對被觀測對象造成一定影響，就像要注視不發光的物體，就需要照射光線到物體上，使其反射光線，預言也一樣。」

這個看來平平無奇的女人可以由玄學講到大數據再到量子物理，戚守仁覺得她深不可測，但不得不承認，他被她說服。

「這些話妳告訴過《熱週刊》總編輯馬克白嗎？」

「我不認識你講的那個人。」葉桂蘭站起來。

「妳見過馬克白的，我看得出來。」

「沒有。戚sir，你再問我一百次，我的答案也是一樣。」

戚守仁沒有糾纏下去。很多人以爲「獨眼神探」的光環所向無敵，可以打開所有門路，面前這位頑強的女人用行動告訴他，獨眼神探和騙徒沒有兩樣，都不可信。

100

馬克白剛回到公司，電話就響起來。

「媽媽下個月要結婚。」

他好久沒聽到兒子稚嫩的聲音。

「跟誰結婚？」

「不知道。」

「我要送媽媽什麼禮物嗎？」

兒子問電話外的媽媽後回答：「不需要。媽媽說你不用再付錢給我們了。」接著掛線。

馬克白去看周美詩的臉書。原來她宣佈了結婚對象是九龍大學的中文系教授。那人看照片有五十多歲，不確定是不是她以前在大學認識的人。堂堂大學教授不會介意太太的前夫付生活費給繼子，但如果教授想要孩子改爲跟他姓的話，就是另一回事。

馬克白無所謂，只要孩子過得好，他不管他們姓什麼，反正基因是他的，也就是馬家的，這點最實際。

不用付贍養費的話，他的財政壓力會小很多。這個改變雖然不是幾百萬元而只是每個月幾萬元，但很有象徵意義，表示他的人生有轉機。

葉存正的預言果然像葉桂蘭所說的，不一定準確。

這表示他的未來會出現各種可能。

就像幾天後他收到戚守仁的電話，約他去修頓球場的看台單獨見面。

「戚sir，案情有變化嗎？」

「沒有，那件案子結束了，我只是找你去聊天。」

101

馬克白輕易在看台最高的一排找到戚守仁。

一個只有右眼能視物的人要爬到最高一排坐，原因只有一個，附近沒其他人，球場上的各種人聲也足以掩沒他們的談話聲。

馬克白不認為看台下面那幾個看來不到二十歲的青年男女是警員假扮，他們非常投入，努力為球場上的球員打氣。

戚守仁雖然面露微笑，但右眼射出的凌厲眼神，令馬克白不敢鬆懈。

「我仔細讀過馮副校的日記，一九九九年十一月五日，也就是警方確定方淑惠死亡那天晚上，馮副校在日記上寫和你在一起，時間寫得非常清楚。那一則日記無法事後補上去，可以說，無法挑剔……」

馬克白心想，那個「證據」當然無可挑剔，因為馮美詩知道這次的眞正對手是戚守仁，所以做得一絲不苟。

「……不過，我覺得有個問題，不是在一九九九年十一月五日，而是在一九九六年八月。根據她的日記和她本人的說法，你們是和平分手，因爲她想結婚，但你不想，希望打好事業基礎。」

「對。」

「我翻查資料，一九九六年八月，《熱週刊》因爲報導假新聞，整個時事版大地震，雜誌總編輯、時事版主編、採訪主任等人事後全部辭職，以示負責，你卻升職爲副採主，說得上是平步青雲，爲什麼反而要和馮美詩分手？一點也不合理。」

「沒有什麼不合理，我升職後，希望放更多時間在工作上，爭取表現，希望成爲總編輯。」

「說起來好像很合理，但你後來結婚，妻子名字居然又是美詩，這豈不是自打嘴巴嗎？你根本對馮美詩念念不忘，也從來沒有放棄結婚的打算。」

「我前妻跟馮美詩是不同類型的人，我當時認爲我前妻較適合我。」

「不是這樣，柯班告訴我的版本，是葉存正預言你會三年升兩次，我認爲你把這告訴馮美詩，而她找人製作假新聞去陷害時事版高層，令你有機會上位，但你發現眞相後和她分手，因爲第二個預言是你破產，第三個預言就是你太太爲你傷心落淚，所以你放棄和馮美詩結婚，直到十幾年後覺得葉存正的預言落空，才跟周美詩結婚。」

馬克白不知道戚守仁怎會準確推敲出來，也想不到怎樣去反駁，堆起笑臉說：「戚sir眞會開玩笑，我雖然沒有讀過馮美詩的日記，但估計她應該寫得清清楚楚。」

「如果那些日記是眞的話，當然沒有問題。」

「那些日記當然是眞的。」

「那些筆記簿很久沒錯，說不定她保存了很多幾十年前的筆記簿沒有使用，就找幾本出來把整年的日記重寫，把跟你見面的故事寫進去，然後把筆記薄放在日光下照射，使紙張上的墨水加速老化。我把日記交給鑑證科，他們只能確定這本日記上的墨水不是最近寫下來，到底有多久就無法判斷。不過，如果送去外國，說不定他們有辦法找出日記是去年才寫下來。」

馬克白在想出怎樣回答前，戚守仁站起來，居高臨下地注視馬克白。雖然只有一隻眼睛是眞的，但那隻右眼擁有比其他人兩隻眼加起來更凌厲的目光。

「我今天找你，是要告訴你，你做過的事，警方不會查不出來。檢控官認爲犯法的人一定要繩之於法，就算不夠證據，也要把你列爲被告要你出庭受審承受壓力。我遊說他放你一馬，經濟差，政府庫房收入大減，不要浪費錢和時間，但眞正的理由是我認爲你是『預言』的受害者，馮美詩也一樣。你們都爲那些預言付出了無法挽回的代價。卽使你們二十多年沒見面，她也願意冒險幫你，除了證明她對你眞的很好，也證明你有値得她同情的地方，我同意，也放過你一次，但下不爲例。如果日後調查其他案件時再遇上你，我一定不會放過你。以後你好好做人。」

馬克白感到恐懼，感到羞愧，也感到難過，思潮起伏，縱有千言萬語，卻一個字也說不出口，只能點頭致謝。

「從你成爲時事版負責人開始，《熱週刊》逐漸變得正派，也持續關注弱勢社群。如果好人沒有好報，實在有違天理。雖然這種事經常發生，但不希望由我一手造成。」

戚守仁踏梯級離開，像從此離開馬克白的人生舞台。

球場上有人進球，響起一陣掌聲和歡呼聲。

雖然馬克白知道自己從此擺脫這案件，但感到非常非常孤單。

他會永遠記得跟馮美詩的最後一次見面。

「你告訴警方，我有寫日記的習慣。」她說。

「妳嗎？」

馮美詩一臉認眞。「我在和你分手後開始寫日記，但不是天天寫，我可以虛構九九年那一年的日記，爲你製造不在場證明。」

馬克白左思右想，似乎沒有其他辦法可以救他了。

「好像可行，但一年好像不夠？」

「那就從九五年開始，以週記的形式，一年只需要寫五十二篇，五年也就是二百六十篇，就算一篇三百字，也就不過七萬多字。我沒算錯吧？」

「沒錯，但妳怎能寫到那麼多？」

「別忘了我是中文老師，寫流水帳的話難不到我，不過，我寫不快，如果警方一個月後找我，我就幫不到你了。」

「我可以幫忙構思內容。」

「我不認爲我們應該再聯絡，那太危險了，這是我們最後一次見面。」

馬克白看著美詩。他本來希望這天是個轉機，以後可以找機會跟她見面，但很快被她看穿，也被她拒絕。

她沒有。

一架列車開來，車廂門打開時，馬克白很怕她突然走進去，從此消失。

「雖然不能再見，但你告訴我分手的原因，讓我終於放下心來。我一直不知道自己在哪方面做得不好，害你要放棄我。」

「妳沒有什麼不好，眞的，事隔多年我沒必要再騙妳，那時我太軟弱，應該堅持下去。」

「本來我覺得我和你的事早就過去，但知道原來是這個理由後，反而覺得很不甘心。爲什麼會變成這樣？我什麼事也沒有做錯。」

她眼眶紅了起來。

他沒想到年過半白的她居然非常激動，可以斷定這件事她一直沒有放下。

「不，上天懲罰……」

馬克白沒有說下去，不用說下去。年輕時的美詩可能不懂，但不再年輕的她一定懂。

爲了讓預言成眞，妳去做假新聞。爲了避免後面的預言成眞，我不得不斬斷和妳之間的感情。

預言不一定成眞，但有因必有果。這是宇宙運行的法則。

「我知道，我那時以爲我們會永遠在一起，不管發生什麼事也一樣，會白頭到老。」她說。

這也是馬克白的願望。

「沒有事情是永恆。就算我們白頭到老，也有一天會因爲死亡而分開。我們曾經在一起，不就很美好嗎？那是我們還年輕時，也是我們最風華正茂時，在最美好的過去，在那個最美的香港。妳不覺得我們談了一場無悔我們青春的戀愛嗎？」

「我知道，我一直都知道。你心裡還有我，不然的話，你的太太怎會和我名字一樣？」

「妳……妳怎會知道？」

她苦笑。

「其實，我一直在網上偷看你。」

二〇二四年三月

102

馬克白和美詩不會再聯絡，但不代表不能偷看對方的臉書跟ＩＧ。她發文變密，也多了自拍，連她朋友都留言問她爲什麼，她沒有認眞回答，但他懂，她是拍給他看的，他是她的守護者。

他也一樣，和朋友見面時都拍照上傳臉書跟ＩＧ，他的天使會看到。

同時認識他們兩個的人，會透過這種蛛絲馬跡發現他們兩個在做的事情，但他們現在沒有共同朋友，唯一會發現的只有戚守仁。

柯班在獄中被刺死。凶手多次出入監獄，人生有過半時間在獄中度過，最近一次因傷人被判監五年，自稱是看著方淑惠長大的其中一個江湖叔父。

葉存正師傅對柯班的預言全部成眞，但對馬克白的預言並不是。雖然馬克白失去一個物業，但沒有散盡家財或破產。

馬克白想到這一輩子的工作就在眞相和謊言之間糾纏不清，有時也分不清眞相和謊言，預言何嘗不是一樣？到底是葉存正的預言成眞？或者是衆生聽了預言後令預言自我實現？

馬克白剛回到《熱週刊》的辦公室，祕書就問他：「楊師傅剛上來做訪問，你要不要他贈你幾句？他看相很準，可以幫你趨吉避凶。」

「不用了。不知道未來，人生會比較有趣。」

說不定天使跟他的故事還沒有結束。

說不定好多好多年後，天使跟他都還活著的話，可以走近一點，甚至走在一起。

說不定他們眞的可以白頭到老，彌補人生中段的遺憾。

說不定如此曲折重重又磨人的人生，就是他們的命數。

《馬克白的命數》完

後記

（本文涉及小說下半部的重要轉折，請斟酌閱讀）

1

這部長篇小說的起源是《偵探冰室．劇》。

那一集的主題是戲劇，把經典戲劇改編爲推理小說。

我們一衆作者在開大會討論主題時，我提出集中火力只向莎劇取材，即時遭到反對，其他作者表示難度太高，最後我們達成共識，改爲可以向任何戲劇取材。

在本書的後記也就是我的地盤裡，我必須嚴正譴責我的作家朋友，他們都錯了，就算可以向任何戲劇取材，我們都遠遠低估了寫作難度，也吃足苦頭。很多人都打破了最遲交稿紀錄，我更是想放棄，最後在截稿日期前用四天高速完成從莎翁原著《一報還一報》大幅改編（或關係不大）的〈港島半山的籠中鳥〉。

我是莎劇的忠粉，雖然沒讀過任何一部劇本，但知道每一部的內容，也喜歡看改編電影，特別是黑澤明融合日本文化和歷史的版本。每次重看，都能看出新的細節。

在芸芸莎劇之中，我最喜歡的就是《馬克白》，全名是《馬克白的悲劇》（*The Tragedy of Macbeth*）。我把能找到的電影版本全都找來看，不管是黑白的黑澤明版

《蜘蛛巢城》和奧森．威爾斯（Orson Welles）版，七十年代的波蘭斯基版，到近年的麥可．法斯賓達（Michael Fassbender）擔綱的版本（跟波蘭斯基版同樣在班堡城堡Bamburgh Castle取景）和由Ａ２４製作的高安版。每一部都拍出各自的特式，比較起來非常有趣。

莎士比亞原著裡的馬克白，是個十惡不赦的暴君，加上蛇蠍婦人馬克白夫人，塑造了文學史上最黑暗也最悲劇的邪惡夫妻組合。

我在構思我的「馬克白」故事時，決定探究不一樣的主題，因此除了有三個預言外，故事發展與原著迥異。

2

我希望每本長篇都開拓不同的主題，主角也從事不同的職業。這次主角身處的職場是平面媒體，或者說，傳統媒體。

我從來沒有涉足過媒體行業，所以，書裡的人物、雜誌、雜誌社和事件等都是虛構，沒有取材的原型，而且高度精簡化，畢竟我並不是想寫媒體生態那種職人小說（如果要寫的話，字數起碼要兩倍以上，而且，只有香港讀者才有興趣看，這也是

《姓司武的都得死》並沒有把重心放在丁權和套丁上的理由）。如果你覺得似曾相識，那只不過是反映人性和常見的辦公室政治。

3

這本書的主題是宿命論vs自由意志，此不贅言，另一樣我想探討的是，怎樣才算是推理小說？

網絡上常有人說推理小說只有兩種：本格派和社會派。即使粗略分的話，這已經出錯，結合兩派的作品存在已久，而且這個分類法只適用於日系推理，對歐美犯罪小說而言完全無效。我們也許可以說走古典推理路線的偵探小說是本格派，名單包括柯南道爾、克莉斯蒂，到今天仍然在寫的安東尼．赫洛維茲（Anthony Horowitz）和露絲．魏爾（Ruth Ware），把部份犯罪小說勉強歸類爲社會派。

我這幾年讀到的《三個女人與她們的男人》（*Three*）和《災難觀光團》（*The Disaster Tourist*）都非常創新。前者裡的警察（作爲偵探的功能）在全書最後三分之一才出現，前面三分之二是由受害者角度出發，作者並沒有描寫凶手的心理；後者甚至沒有一個角色擔任偵探這功能，全書幾乎就是由身兼受害者（面對男女不平等）和

XXX（涉及「謎底」我就不多說）的女主角出發。

這兩本小說沒有推理，吸引讀者讀下去的，是人物面對的命運，也就是懸疑。也許就是因爲這些不尋常的寫法，導致這兩書在Amazon上招來很多惡評，但專業評審給予很高評價。

當代的讀者讀了那麼多小說，要依樣畫葫蘆寫一部有起承轉合的典型警察小說並不難，但這也容易淪爲套路。

厲害的類型小說都有一個特點，就是嶄新的寫法，擴展類型的邊疆。

希望本書做到這一點。

4

在本書後半出現的「獨眼神探」戚sir戚守仁，取材自英年早逝的「無味神探」陳思祺（一九六四至二〇一五）。陳sir的英勇事蹟，可以在網上找，不贅。

戚守仁最初是在《姓司武的都得死》裡登場，在那本書有不同的發揮空間，跟這本都可以獨立閱讀，如果根據我的寫作順序去讀，會比較適合，但不代表你不可以跳來讀。

不管你喜不喜歡戚sir在本書出現，希望大家在網絡上分享書評時，不要提及戚守仁的存在，以免其他讀者有不必要的期望，以爲這是以戚sir爲主角的警察小說。

不，本書跟派翠西亞·海史密斯（Patricia Highsmith）的《天才雷普利》（*The Talented Mr. Ripley*）一樣，是以犯罪者爲主角的犯罪小說，偵探只是配角，所以，我並沒有安排他在故事前半部登場。

5

我年輕時是信奉存在主義的無神論者，其後成爲不可知論者，認爲宇宙的複雜度遠遠超出人類的理解能力。

我也沒研究過玄學和術數，因此，本書裡若干人物對玄學的討論，完全是文學創作，並不是做過研究的洞見。

如果有信仰，我信奉的是故事角色有自己的生命，因此也有自己的立場和想法，甚至連我這作者也不認同（這是創作有趣之處）。他們有些人的本領比我要大很多，連我也非常佩服。

如果你討厭書裡的某些人物，或者喜歡某些人物，請別忘記，這些人物和作者有很大差異。你喜歡的角色特質，並不會在作者身上找到。

請把作品和作者分開，請別忘記這是虛構的小說。

6

最後，如果你看過《姓司武的都得死》和《復仇女神的正義》，就知道這兩本書是《復仇》三部曲的前兩部，也一定很期待第三部。

我也一樣。

那部小說的規模是我構思過的小說裡最宏大的一部，寫作難度極高，也沒有能力第一次寫推理小說就寫成，挑戰過，寫了十幾萬字的文稿，但失敗告終，所以改去寫《復仇女神的正義》，發現還是很難，最後換成《姓司武的都得死》這本只有十五萬字的小說，所以，出版次序和構思次序完全相反。

可以說《姓司武的都得死》和《復仇女神的正義》是爲第三部而做的「練習」。

即使我寫作經驗豐富，但仍覺得第三部很難寫，需要做更詳盡的資料搜集，那代表需投入至少兩年的時間專注在這個字數至少二十萬字甚至超過三十萬字的項目上。

對我來說，字數愈多，代表的是更複雜的人物關係，和對主題的更多叩問，因此二十萬字長篇小說的寫作難度是十萬字長篇的三倍以上。我寧願寫十本十萬字的長篇，也不想寫一本五十萬字的超長篇。

能專注寫一本二十萬字的超長篇是我在疫情期間才擁有的餘裕，現在我可以運用的時間非常零碎，要去寫作字數相對較短的小說（十萬字以下）來維持更穩定的出版步伐，也需要接不同的工作去維持生計，暫時沒有客觀條件去經營第三部。

幸好，就算只是兩部曲，我也非常滿意，前兩本沒有什麼謎團尚待解決，只是我花了至少七年在上面的心血全部付諸流水，不得不說是巨大的遺憾。

如果有一本書大賣（或以高價賣出外文版權或影視版權）的話，我就可以無後顧之憂放手去寫。

最後，謝謝蓋亞文化的老闆常智、總編育如、責編亘亘和其他同仁，讓這個故事由我電腦裡的電子稿變成大家手上的書。我在社群媒體上並不活躍，但讀到大家的意見仍然非常高興，謝謝！

譚劍

2024.12.15

（還意猶未盡，想一起討論更多，歡迎參考作者官網的「讀書會題目」）

國家圖書館出版品預行編目資料
馬克白的命數／譚劍 著.
——初版.——台北市：蓋亞文化，2025.02
面；公分. (故事集；41)

ISBN　978-626-384-182-6（平裝）

857.81　114000400

故事集 041

馬克白的命數

作　　者　譚劍
封面插畫　Gami
裝幀設計　木木Lin
責任編輯　盧韻亘
總 編 輯　沈育如
發 行 人　陳常智
出 版 社　蓋亞文化有限公司
地址：台北市103承德路二段75巷35號1樓
電話：02-2558-5438　傳真：02-2558-5439
電子信箱：gaea@gaeabooks.com.tw
投稿信箱：editor@gaeabooks.com.tw
郵撥帳號　19769541　戶名：蓋亞文化有限公司
法律顧問　宇達經貿法律事務所
總 經 銷　聯合發行股份有限公司
地址：新北市新店區寶橋路二三五巷六弄六號二樓
電話：02-2917-8022　傳真：02-2915-6275
初版一刷　2025年2月
定　　價　新台幣350元
Published and printed in Taiwan

ISBN 978-626-384-182-6

Gaea

Gaea

Gaea

Gaea